JN100454

SAWA LEMON

澤檸檬

主な登場人物
MAIN CHARACTER
ニャル
笑顔がチャームポイントの、
獣人族の女性。
倉野敦 くらのあつし
本作の主人公。女神のはからいにより、
「一生レベルアップしない」特典付きで
異世界へ転移してきた心優しい青年。
ツクネ
倉野が手に入れた卵から
誕生した愛くるしい魔物。

レオポルト
豪快な性格の獣人族の
男性。ニャルの育ての親。
フェレッタ
「愛の化身」と呼ばれる
伝説の魔物。
ゼロ
倉野を狙う、謎の男。
ハルナ
ひょんなことから倉野に
助けられた獣人族の少女。

1

ビスタは砂と獣人の国と呼ばれており、地球でいえば乾燥帯砂漠気候に似ている。

降雨量は非常に少なく、森林はほとんど育たない。

気温は最大で五十度ほどになるが、その暑さよりも夜には氷点下になるという気温差がつらい、とニャルは倉野に語った。

だが、この世界ではほとんどの者が水魔法で飲み水を生成できるため、水に困ることはないのだという。

そんな話を聞きながら、倉野はついにビスタに上陸した。

◇

「久しぶりの陸地だー！」

倉野はそう言って地面を踏みしめる。

「楽しそうですね、クラノさん」

ニャルは楽しそうにしている倉野を見て微笑んだ。

遅れて上陸したレオポルトは荷物を担ぎながらニャルに語りかける。

「どうだ、ニャル、懐かしいか」

暖かい風に、香辛料のような香りが混ざっている。

これがビスタの匂いか、とニャルはどことなく懐かしい気持ちになった。

「なんとなくですけど懐かしいような気がします。はっきりとは覚えていないですけど」

そう言ってニャルは空を見上げる。

懐かしいはずなのに、この国の記憶はなく、家族のことも覚えていない。故郷に帰ってこれて嬉しいはずなのに、どこか寂しい。

そんな複雑な表情をしていた。

「覚えておらんのも無理はない。だが、記憶になくとも間違いなくお前の故郷だ。少しでも何かを思い出したら言ってくれ」

レオポルトはそう言いながらニャルを撫でる。

ニャルは少し照れ臭そうに微笑んだ。

それから、レオポルトはこれからの予定について、二人に説明した。

ここは、ビスタの入り口と呼ばれている、ウィベという港町。ウィベからビスタの首都、チェリコに向かい、そこでレオポルトとニャルの養子縁組手続きを行う。

なお、チェリコまでは、徒歩と魔物が引く車で向かうらしい。

レオポルトはビスタの特命全権大使なのだから、警備やら護衛やらが待っていて案内してくれるものじゃないか、とも思ったが、レオポルトはそういう特別扱いを嫌がりそうだな、と倉野は納得する。

とにかく今日中にウィベの次の町ルトに徒歩で行って一泊し、そこからチェリコまで車で向かう、とレオポルトはまとめた。

「さあ、行くとするか」

レオポルトがそう言うと、港を出発した。

あとに続く倉野とニャル。

周り全員が獣人である光景に倉野は少しずつ慣れていく。

確かに見た目は違うが、相手も同じ人である。

そこに生活があって、家族がいて、生きている。

この人たちを差別する風潮なんてなくなればいいのに、そうすれば悲しみは減るのに、と倉野はなんとなく思っていた。

だが、人種間の歪み(ゆが)が大きくなり、その中心に倉野が立たされることを、今はまだ誰も知らなかった。

◇

ウィベを出て、半日ほど歩くとルトが見えてきた。

ルトではこの国では稀少な湧き水が出るらしく、いわゆるオアシスのような役割を果たしている。

魔法で水が生成できるとはいえ、生活に必要な水を確保できる場所はやはり特別ということだろうか。

その水で植物も育てることが可能なため、ルトでは果物や小麦が育てられており、港から一番近い町でありながら、首都チェリコに次いで大きい町だという。

そうレオポルトが説明した通り、ルトの周辺には緑が見えた。

「あれがルトだ。この国では一番の商業都市といってもいい。だが、やはり人間たちの国と比べると規模は小さいがな」

そう言ってレオポルトは笑った。

確かに驚くほど大きいというわけではないが活気がある町である。

そしてルトの入り口までたどり着いた。

しかし、ルトの町には入り口を守る衛兵などはいない。

不思議に思った倉野はレオポルトに尋ねた。

「エスエ帝国だとそんなに大きくない町でも衛兵が立ってましたよ。ビスタでは入国者を確認することはないんですか？」

「エスエ帝国は、様々な国からほとんど制限なく人が入ってくる。あの国はそうやっていろんな国の文化を取り込んで大きくなった国だからな。だから町ごとに人間の出入りを確認する必要がある。だが、ビスタには基本的に獣人と審査を通った人間しかおらん。獣人は獣人を裏切らない、そういう国ってことだ」

レオポルトは自慢げに倉野にそう言う。

「獣人は獣人を信頼しているし、獣人は獣人を傷つけないから、町で出入りを確認しなくていいってことですか？」

「まぁそういうことだ」

そんな話をしながらルトの宿に到着した倉野たちは、荷物を置いてから、宿屋の隣の酒場で食事をすることにした。

酒場のテーブルに着くと、ツクネは倉野の鞄（かばん）から這（は）い出てニャルの膝（ひざ）の上でくるくると回る。

「あら？　ツクネちゃんもお腹空（す）いたんですか？　干し肉持ってますよ、はい」

そう言ってニャルはツクネに干し肉を食べさせた。

ツクネは嬉しそうに干し肉をかじっている。

「さて、ワシらも何か食べるとするか」

「あ、お酒はだめですからね？　お父さん。明日早いですからね」

ニャルはそうレオポルトに注意した。

レオポルトは残念そうな顔をしながらも渋々諦める。

「仕方ない。娘に言われてはな。クラノ、今日は水にするとしよう」

「そもそも僕、いつもそんなに飲んでませんからね」

倉野は微笑みながらレオポルトにそう返した。

ビスタでの食事は香辛料が使われているものが多く、倉野に馴染み深い表現をするならカレー味に近いだろう。

昼と夜の温度差が激しい国なので、香辛料で体を温め、健康を保つのだという。

その効果はわからないが、確かに体があったまる気がした。

そうした他愛のない話をしながら食事を楽しんでいると、隣の席の会話がふと倉野の耳に聞こえてきた。

「グレイ商会がこの国に来ているらしいぜ」

「グレイ商会？　死の商人じゃないか。そんな奴らがこの国に何を売りに来たんだ？　武器も傭兵もこの国じゃ必要ないだろう」

「いや、どうやら買いつけに来たらしい。香辛料をな」

「人間が香辛料を？」

「ああ、香辛料から何やら成分を抜き出して、痛みを感じなくなる薬を作るって噂だ」

「痛みを感じなくさせる薬だって？」

「それで、無敵の兵士を作り出すって話さ」

獣人は人間を良く思っていないためか、そういった噂が流れているようだった。

何気なく聞こえてきた会話に興味を持った倉野はレオポルトに尋ねる。

「レオポルトさん、グレイ商会ってなんですか？」

「ん？　グレイ商会か。簡単に言えばイルシュナの武器商人といった感じだな。武器から傭兵まで、戦闘に関するもの全般を取り扱う大商会だ。そしてイルシュナは貴族制がなくてな、金を持っている者が強い、というような国だ。その中でもグレイ商会は最強と言ってもいい」

レオポルトは肉にかぶりつきながらそう説明した。

「ちょっとお父さん、行儀悪いですよ」

ニャルがそう注意するが、レオポルトは倉野に責任を押しつける。

「食べている途中に質問したのはクラノだ。ところでいきなりなんでグレイ商会なんだ？」

「いえ、ちょっと聞こえてきて。今、この国にいるって」

「ああ、そうだな。ワシの耳にもそう届いておる。イルシュナからわざわざ船で入ってきたらしい」

レオポルトの説明を聞いていると、倉野は何か嫌な気配を感じた。

だが、気配の正体はわからず、食事を終え、宿で眠りについた。


ビスタでの二日目。

朝から動き出さなければ、夜までにチェリコにたどり着けないということで、日の出の時刻にはレオポルトは倉野を起こした。

「起きろ！　行くぞ」

ここはどこの軍隊だ、と思いながらも倉野は身支度をし、ツクネに干し肉を食べさせ、宿を出た。

宿を出ると、すでに車が用意されていた。

倉野が見たことのある車は狼のような魔物が引いているものだったが、今回は大きなトカゲのような魔物が引いていた。

「あれ、エスエ帝国とは車を引く魔物が違うんですね」

「おお、そうか。クラノはエスエ帝国でしか見たことなかったんだな。車は各国で引いている魔物が違うんだ。エスエ帝国にいるのはフォンガという魔物だ。そしてこいつは、リザドーだ。フォンガは暑さに弱いからビスタでは走れないのでな。暑さと乾燥に強いリザドーがここでの移動手段だ」

まさか、エスエ帝国を出てからエスエ帝国にいた魔物の名前を知るとは、と倉野は少し複雑な気持ちになった。

ありがとうフォンガ。そしてよろしくリザドー。

レオポルトがリザドーに行き先を告げると、リザドーは勝手に走り出した。やはり移動用の魔物はある程度の知能があるのだろう。

移動しながら、レオポルトは今後の予定を倉野とニャルに話す。

「とりあえず今日はチェリコに行き、役所でワシとニャルは養子縁組手続きをする。そして明日から、フェレッタについての情報を集める。そんな予定でよいか？」

フェレッタは、倉野の相棒であるツクネの種族で、とても貴重な種族だと言われている。ツクネの仲間を探すというのもこの旅の目的なのだ。

倉野は頷(うなず)く。

「はい、大丈夫です。急いでませんから。な、ツクネ」

「クー！」

ツクネも元気よくレオポルトに返事をする。

そんなツクネを見てレオポルトもついつい頬が緩んでしまう。

「しかし可愛いな、フェレッタは」

「ええ、とっても可愛いですね」

ニャルもツクネを微笑みながら眺めた。

さらにレオポルトはこう付け加えた。

「チェリコに着いてからはしばらく別行動になってしまうがよいか？　宿は取っておくから、宿にいてもいいし周辺をぶらついていてもいい」

「あ、はい。あんまり出歩かないほうがいいですよね？」

「構わんぞ？　獣人たちはむやみに人間を嫌うわけではないからな。差別的であったり、横柄でなければ、問題は起こらん」

それなら出歩いても大丈夫か、と倉野は楽しみになった。

いろんな国を見て、いろんな国の食べ物を食べて、旅をする。それがこの世界での倉野の楽しみで、生きている意味だ。

それがなければ、この世界の神に言われたようにただの空気清浄機だな、と心の中で苦笑した。

◇

道中、景色を見たり、眠ったりしているとあっという間にチェリコに着いた。

その前に一週間の船旅をしているのであっという間に感じたが、朝早くに出て着いたのは夕暮れなので、半日以上は車の中にいたことになる。

チェリコの町の外で車を降り、車を預かる業者にリザドーを託した。

「体が痛いですね」

と、ニャルが伸びをしながら言った。

まるで伸びをする猫そのものでとても可愛い。

倉野がニャルの姿を微笑ましく見ていると、レオポルトが立ちはだかった。

「クラノといえども嫁にはやらんぞ」

「なんですか、その急なお父さん感」

「貴様にお父さんと呼ばれる筋合(すじあ)いはない」

「呼んでませんよ」

そんな二人のやりとりを見てニャルは声を出して笑った。

「お父さんもクラノさんも面白いですね」

ニャルが笑顔なのは倉野にとってもレオポルトにとっても喜ばしい。

だが倉野は一応不満を唱えておいた。

「ほら笑われちゃいましたよ」

「ワシは笑われておらん」

それから、とりあえず荷物を置こうということで宿へ向かった。

すぐ隣が役所だという宿に入ったあと、荷物を置いて、その宿の前で倉野はレオポルトたちと一旦分かれる。

「それでは、また夜にこの宿の食堂で会おう。ワシとニャルは隣の役所で手続きだ」

そう倉野に告げて、レオポルトとニャルは役所へ入っていった。

残された倉野はツクネと相談する。

「どうする、ツクネ。ご飯はレオポルトさんたちとあとで食べるだろうし、適当にぶらぶらするか？」

「クー！」

賛成、ということだろうか。ツクネは嬉しそうに倉野の言葉に反応した。


宿屋の前はチェリコの主要な通りになっているらしく、いろんな商店が軒を連ねている。エスエ帝国で見てきた町とは違い、いろんな屋台が並ぶ活気のある通りだった。

今までとは違う空気の商店街で、倉野のテンションは否応なしに上がる。

「香辛料の店なんてあるんだ。これはしっかり調合すればカレーを作れるんじゃないか？」

そう呟き(つぶや)ながら、ビスタに来て食べた食事がカレー味だったことを思い出す。

「いや、そもそもカレーはもうありそうだな。じゃあ、スパイスの入った紅茶とか、コーヒーとかって……僕には知識はないし、売るための店もないけど」

歩きながら独り言を言う。

宿から少し歩き、広場のような場所に出る。

どうやらこの広場は食べ物の屋台が集まっており、飲食を楽しむために設けられた場所のようだ。

倉野が屋台を見て回っていると背後で誰かが叫んだ。

「おい、危ないぞ！」

その声に倉野が振り向くと、広場の端のほうで少女が倒れているのが見えた。

その少女に大きな鍋が倒れかかり、今にも中身がぶちまけられようとしている。

倉野は即座に、スキル『神速』を発動し状況を判断した。

屋台の鍋がなんらかの衝撃で倒れ、驚いて転倒した少女にその中身が降りかかろうとしている状況のようだ。

鍋の中身はわからないが、直前まで火にかかっていたことは確かだった。

倉野は鍋の中身が少女にぶちまけられる前に少女を抱きかかえ、飛び退く。

誰かが叫んだあの声が一瞬でも遅れていたら、倉野が振り返るのが一瞬遅かったら、その少女は大火傷を負っていただろう。

だが、倉野に抱きかかえられ、間一髪少女は助かった。

「大丈夫かい？」

間に合ってよかった、と安堵しながら倉野は少女に語りかける。

近くで見ると、少女は犬でも猫でもない、小さくて丸みを帯びた耳をしていた。年齢は十歳くらいだろうか。

少女は何が起きたのかわからず、唖然としながらも頷いた。

「うん。だいじょーぶ」

周りで見ていた人も何が起こったのかわからなかったのだろう。

少し遅れて歓声が聞こえた。

「うおおおお！」

「よくやったぞ兄ちゃん！」

「人間も捨てたもんじゃないな！」

自分がしたことで、ビスタの獣人たちの間で人間の評判が上がるならありがたい、と倉野は照れながら微笑んだ。

「ほら、立てるかい？」

倉野がそう言って少女を地面に降ろすと、少女はしっかりと自分の足で立ち、頷く。

「うん。ありがとー」

少女はお礼を言って、そのまま立ち去ろうとする。

だが、少し歩いてから少女はくるっと倉野を振り向いた。

「私はハルナ。おにーさんは？」

「僕は倉野。気を付けて帰るんだよ」

「うん、じゃあねクラノ」

ハルナと名乗った少女は嬉しそうに走っていった。

その後ろ姿を見て、特に耳の形を、どこかで見たことがあるような気がしたが、思い出せず考え込んでいると、倉野の手をツクネが舐めた。

「クー？」

「ああ、ごめんごめん。ちょっとだけ買い食いしていこうか、ツクネ」

ツクネに微笑みかけながら立ち上がると、先ほど倒れた鍋の屋台から猫の顔をした獣人が出てきた。

「ほんっとうにありがとうございましたにゃ!!　もう少しで大事故になるところでしたにゃ」

猫獣人はそう言って倉野に頭を下げる。

しかし結果的に助かったのだから、今後このようなことがなければ問題ない。

「大丈夫ですよ。今後は気を付けてくださいね」

「はいですにゃ。それでももしよければうちの商品を食べてってほしいですにゃ。お礼にはならないかもにゃけど」

そう言ってその猫獣人はトカゲの丸焼きのようなものを倉野に手渡した。

倉野は受け取ったものの、とてもかぶりつく気にはなれない。

すると、ツクネが鞄から顔を出して一口かじった。

「美味(おい)しいか？　ツクネ」

「クー！」

どうやら口にあったようだ。

お礼としてもらったものに口をつけないのは失礼だよな、と倉野も意を決してかぶりついた。

鶏肉に近い味がして、まるで焼き鳥のようだ。

「うん、美味しい」

「よかったですにゃ。またいつでも来てほしいですにゃ」

倉野はその猫獣人を「焼き鳥猫」と名付けることにした。

焼き鳥猫は、何度も何度も頭を下げる。

長居すると気を使わせるな、と思った倉野は一旦宿に戻ったのだった。


倉野が宿の前に戻ると、ちょうど役所からレオポルトとニャルが出てくるところだった。

「あ、クラノさん！」

倉野を見つけてニャルが手を振る。

少し照れながら、倉野も手を振り返した。

レオポルトとニャルに駆け寄る。

「もう手続き終わったんですか？　思ってたより早かったですね」

倉野がそう尋ねるとレオポルトは頷いた。

「ああ、すでに話は通っていたからな。まぁ必要なのは本人確認ぐらいだ」

「あ、違いますよ！　お父さんったらちょうど部下の人を見つけて書類を丸投げしたんです。客人が来てるから飲みに行くんだって」

ニャルはそう言って、レオポルトの秘密をバラす。

「ニャル、そういうのはバラすものじゃないぞ」

レオポルトはそう言って笑った。

「なんでレオポルトさんが偉いのか不思議ですよね」

「どういう意味だ、クラノ」

倉野とレオポルトはそう言い合って笑う。

そうして歩き始めると、役所から獣人がレオポルトの名前を呼びつつ走ってきた。

「レオポルトさーん！」

「ん？　どうしたムスタング」

レオポルトは足を止めた。

「手続きならもう任せただろう」

ムスタングと呼ばれた男は必死にレオポルトに詰め寄る。

「手続きどころではないんです！　少しよろしいですか」

「待て、娘と客人と酒を……」

「それどころではありません！」

そう言ってムスタングは、レオポルトを連れていってしまった。

レオポルトとムスタングが役所に入っていく姿を見ながら、ニャルは手を振っていた。そんなニャルに倉野は尋ねる。

「どうしたんでしょう、レオポルトさん」

「さぁ？　お父さんが手続きを丸投げしたのはあのムスタングさんですから、連れ戻されたんじゃないでしょうか？」

「でも手続きどころじゃないって言ってましたし」

「わかんないですけど、お父さんも一応お偉いさんですからね。何かあったんでしょうね。それはさておき、とりあえずご飯にしませんか？　さっきからいい匂いがするんですよ。クラノさん、何か食べましたね？」

そういえばさっきトカゲの丸焼きみたいなものを食べた、と倉野が思い出していると、ニャルは倉野に近づき首筋の匂いを嗅いだ。

「美味しそうな匂いがします。私、鼻がいいんですよ」

そう言ってニャルは優しく微笑む。

その近さと微笑みにドキドキしてしまう。

冷静にならなければ、と倉野は距離を取ってから頷いた。

「は、はい。さっき広場でちょっと」

「私も食べたいです！」

「じゃあ、広場に行きましょうか？」

そう言って倉野は先ほどの広場にニャルを案内した。


広場に行くとすでに屋台は店じまいしていた。

「あ、もう終わっちゃってるみたいですね」

「食べたかったです。いい匂いのもの」

そう言ってニャルは耳を垂れさせる。

「じゃあ、どこかお店に入りますか？」

倉野がそう提案するとニャルは嬉しそうに頷いた。

「え、行きたいです！　いつも給仕（きゅうじ）するほうなので酒場とか行きたいです」

「じゃあ、レオポルトさんは時間がかかりそうですから、一度役所に戻って伝言しておきましょうか？」

そう言って倉野とニャルは来た道を戻る。

その道中、先ほどまでなかった行列があった。

数十人が一列に並び少しずつ進んでいる。

「なんか行列がありますよ」

倉野がそう言うと、ニャルは伸び上がって行列の先頭を確認した。

「お店じゃなさそうですね。何か配ってるみたいですけど」

ニャルはそう言いながら、行列をたどる。

倉野もニャルのあとに続くと、行列の先では真っ白な服に身を包んだ人間が獣人にパンを配っていた。

「人間がパンを配ってますね」

「あ、わかりました。この人たちは『白の創世』の人たちですよ」

「白の創世？」

倉野が尋ねると、ニャルはその団体のことを説明してくれた。

白の創世とは、世界中に支部を持つ宗教団体だという。

「世界を白に」という教義の下、世界中で孤児院の経営や貧民層の支援活動をしている。

その教徒は真っ白な服に身を包んでいるのが特徴らしい。

そして、その教徒たちが身に着けているもののどこかに黄色い薔薇の紋章が入っている、とニャルは付け足した。

「へぇ、いい団体なんですね」

「はい。この国で宗教活動を許されているのは白の創世だけなんですよ」

ニャルはそう自慢げに言った。

エスエ帝国やイルシュナ、他のどんな国にも支部があり、この世界で最も平和な人たちと言われている集団であり、人種差別撤廃にも力を入れているとニャルは語る。

「そうなんですか。だからここでもパンを配ってるんですね」

そう話しながら倉野とニャルはその行列を通り過ぎた。

人間が人種を気にせず獣人を支援する、それはこの世界では簡単なことではないだろう。

人間が獣人に施しをすることには、人間も獣人も少なからぬ拒否反応を示すはずだ。

そう思わせるような差別意識がこの国にはあった。

その中でそういった活動をしているのなら尊敬する。

心の中で白の創世を応援しながら、倉野は役所へ向かった。

役所の前に着くと、先ほどレオポルトを連れ去ったムスタングがきょろきょろしているのが見える。

「あれ？　ムスタングさん」

ニャルがムスタングに声をかけた。

するとムスタングはやっと見つけた、という顔をして駆け寄ってきた。

「ようやく見つけました！　ニャルさん！　……とクラノ様で間違いないですよね？」

「はい？」

首を傾げながら倉野が返事をすると、ムスタングは倉野とニャルの手を掴んだ。

「え、ちょ」

「事情はあとで話します。とにかく来てください！」

倉野たちは役所に連れ込まれた。

役所に入ると倉野とニャルは一番奥の一室に通された。

この部屋はおそらく、この役所では重要な部屋なのだろう。

「失礼します」

ムスタングはそう言うと、倉野とニャルを部屋に押し込む。

部屋の中は会議室のようになっていて、大きな丸い机を囲むようにレオポルトを含む獣人が十名ほど座っていた。

その十名は服装や雰囲気からビスタ国の権力者ではないかと思われた。

「いきなり呼んですまんな、クラノ」

倉野が入ってきたのを確認したレオポルトはそう言った。

「あの、何があったんですか？」

重い雰囲気に呑まれそうになりながらも倉野はレオポルトに問いかけた。

すると、レオポルトはわずかに表情を険しくする。

はあっと深呼吸をして、レオポルトは重い口を開いた。

「クラノ。ニャルを連れてこの国を出てくれんか？」

これは冗談ではないなと直感的に思った。

だが、いきなりそう言われても納得できない。せめて理由ぐらいは教えてほしいものだ。

倉野のそんな心情を察したレオポルトはさらに告げた。

「まだお前さんの望みは達成していないが、それどころではなくなったのだ。人間のお前さんがこの国にいては危険なんだ」

「どういうことですか？」

倉野が問うと、レオポルト以外の獣人たちは顔を伏せた。

どうやら簡単に説明できることではないらしい。

倉野は部外者だから機密事項を話すわけにはいかない、ということのようだ。

倉野をここに呼んだのは、レオポルトの娘となったニャルをこの国から逃がすための、いわば騎士役として選ばれたということだ。

「そうですか。理由は話せない、ということですね……僕が人間だからですか？」

倉野の問い、レオポルトは首を横に振った。

「違うわい。お前さんを巻き込むわけにはいかんからだ」

レオポルトのまなざしは真剣そのものである。

つまり、倉野はレオポルトに守られているということだ。

「僕にできることはないですか？」

「ニャルを連れて、この国を出てくれ」

レオポルトの要請は変わらない。

レオポルトがここまで真剣にそう願うのならそれに従おう、と倉野は思った。

だが、それでは、この国はどうなってしまうのだろうか。

「レオポルトさん。僕たちがこの国を出たあと、この国で何かが起きるとして、レオポルトさんや他の獣人たちが傷つくことはありませんか？」

倉野は薄々感じていた。この国から逃げろ、ということは、大規模な暴動のようなことが起きかけているのではないか、と。

レオポルトは諦めたようにため息をつくと、周りの獣人たちに言った。

「駄目だ。このクラノという人間は理由を説明せんと納得しないぞ。それに薄々感づいておるわ」

すると、獣人の一人が反論した。

「しかし、この情報を人間に漏(も)らすわけにはいかんぞ、レオポルト。貴様が今回の作戦に参加する条件として娘の安全を要求したから、この部屋に人間を通したんだ。これ以上の勝手は許さん」

その獣人は白い虎の獣人である。

迫力と威厳（いげん）ではレオポルトは白い虎に劣っていなかった。

しかし、レオポルトは白い虎に言い返す。

「落ち着けワイティーノ。クラノは人間の味方というわけではない。ワシの娘から人間を守るために人間のほうを蹴り倒したような奴だ」

「では、今回も人間を蹴り倒してくれる、というのか？」

ワイティーノと呼ばれた獣人はさらに問いかける。

だが、レオポルトは首を横に振った。

「獣人の味方というわけでもないのだ」

「それなら部外者だ。レオポルトの娘を連れて退室願おう」

二人の話を聞いていると、今回の話が見えてきた。

この国が危険。

人間側と獣人側。

蹴り倒す。

つまり、人間と獣人が揉めている、ということだろう。

外交官であるレオポルトが呼び出されるということは、小さな揉め事とは考えにくい。

「戦争……じゃないですよね？」

倉野は自分が想像した最悪のケースを口にした。

すると獣人たちは驚き、顔を見合わせる。

「クラノは馬鹿ではない。この状況から読み取ることぐらいできよう」

レオポルトはなぜか自慢げにそう言った。

倉野はレオポルトの真意に気づいた。

「もしかしてレオポルトさん、僕に理由を感づかせようとしてました？」

レオポルトは悪そうに微笑んだ。

「なんのことかわからんな。お前さんが理由も聞かずに受け入れるとは思っておらん。しかし、巻き込む気がないのは本当だ。今すぐ船に乗ってこの国を出ろ」

事の重大さを倉野に感づかせ、ニャルを守らせようという意図だろうか。

しかし、自分だけ逃げていいのだろうか。倉野には素直に了承できない気持ちがあった。

「本当に戦争が起こるんですか？」

改めて問いかけると、ワイティーノがため息をついた。

「クラノ、といったか？　人間である貴様がこれ以上知る必要はない」

「おい、ワイティーノ。その返答では戦争が起こる肯定しているようなものだぞ」

レオポルトはそう言って呆れた顔をする。

人対獣人の戦争が起こる、それは確定らしい。

しかし戦争とはこんなにいきなり起こるものなのだろうか、と倉野は疑問に思った。

倉野の疑問を察したのか、レオポルトはまた悪そうに微笑む。

「何を考えているクラノ。いきなりではあるがこの国では今から人との戦争が始まる。お前さんがそれに巻き込まれる必要はないし、なぜ戦争が起きるのかなど、お前さんが考えることではない。わかるな?」

「わかりませんよ」

説得しようとするレオポルトに倉野はそう言い返した。

お前には関係ない、というような言い方をされると、倉野としては納得できない。

「僕はレオポルトさんもニャルさんも好きだし、この国の空気も好きです。そりゃ戦争は怖いし、平和に生きていたいですけど、自分だけ逃げたいわけではありませんよ。お前は関係ないみたいな言い方やめてくださいよ」

倉野がそう言うと、ワイティーノが目力を強めた。

「好きだとか嫌いだとかで話していい事態ではない」

国の一大事に自分が関わるのはおかしなことだということは倉野にもわかる。

だが、目の前で起きる戦争を放置したくないのだ。

「僕が獣人の味方になれば事情を話してもらえるんですか? というかニャルさんを連れて逃げる

以上、獣人の味方みたいなものでは？」

「そんなものは詭弁だ」

ワイティーノはそう切り捨てる。

しかし、レオポルトは笑った。

「はっはっは」

「何を笑っておるんだ、貴様」

ワイティーノがレオポルトに突っかかる。

するとレオポルトはワイティーノに語りかけた。

「なぁ、ワイティーノ。部外者であるはずのクラノが理由を知りたがるのは、人間側に情報を流したいからではなく。ワシや娘、そしてこの国を心配しているからだということはお前さんもわかっておろう。嬉しいことじゃないか、人間がここまで心配してくれるんだ。理由を話せばこちら側に引き込めるかもしれんぞ？」

「引き込むってもう少し言葉を選びましょうよ」

倉野はそう言い返した。

しかし、レオポルトの説得が成功したようで、ワイティーノは押し黙った。

「クラノ。お前さんが察した通り、この国では戦争が起きようとしている。本当はそのことは話さずにニャルの護衛になってもらいたかったのだがな」

そう言ってレオポルトはやれやれという顔をした。倉野がここまで知ろうとするのは誤算だったのだろう。

レオポルトは経緯を説明し始めた。

首都チェリコの隣にジェストという町があり、ジェストは人間側の国イルシュナと面している。

その国境には壁があり、人間と獣人を分断していた。

ジェストはまるっきり獣人の町なのだが、イルシュナの実力者であるグレイ商会の会長が商談をするためにそこに滞在していたという。

「グレイ商会って、ルトの酒場で聞いたような？」

倉野がそう口を挟むとレオポルトは頷いた。

「そうだ。グレイ商会はイルシュナで最も大きな商会である。そして今朝、商談のために家族で滞在していたグレイ商会会長ゾアド・グレイの娘、ミーナ・グレイが何者かに殺された」

「え？」

倉野は言葉を失う。

人が死んだとなると話は簡単ではない。

「そして、その犯人は獣人だと、ミーナ・グレイの従者が証言している」

そうレオポルトは付け足した。

事が起きたのは今朝。

ジェストに滞在しているグレイ商会一行。その中で会長の娘であるミーナ・グレイが何者かに襲われ殺害された。

ミーナ・グレイは従者を一人連れて、人気のない草原へ散歩に出かけた。

そこで何者かに襲われた。

ミーナ・グレイは大きな怪我を負いそのまま死亡したらしい。

従者も重傷を負ったものの、命に別状はなかった。

その従者の証言によると、白いローブで顔を隠した獣人に襲われたのだという。

それからすぐにグレイ商会により、ジェストとイルシュナを分かつ壁の一部が破壊され、そこからイルシュナの軍がジェストに入り込んだ。

グレイ商会はイルシュナで絶対的な権力を握っている。

そこの会長の娘が殺された、とあってすぐに軍隊が動いたらしい。その数は数千人だという。

その数千人が一気にジェストに入り込み、ジェストは一瞬で占領されてしまった。

そこで第二の事件が起こる。

イルシュナ軍は圧倒的な数だったために、ジェストはすぐに降伏した。

誰も死ぬことはなかったため占領はある意味平和的になされたのだが、その騒乱に紛れてジェストの獣人の役人が一人殺害されたのだ。

この一連の騒動をビスタ国は、イルシュナ軍の過剰報復と考えた。

レオポルトがそこまで説明したところで倉野が尋ねた。

「つまり、人間の実力者の娘を獣人の誰かが殺害したので、人間側の実力者が壁を破壊して軍をビスタに引き入れ、獣人の町を占領したってことですよね？」

倉野が状況をまとめるとレオポルトは頷いた。

「そういうことだ。そして、人間は獣人を一人殺してしまった」

状況は泥沼化したということか。

お互いに攻め込む理由ができたということは、いつでも戦争が起こりえるということだ。

だが、ここまで泥沼化するようなことではなかったのではと思い、そのまま言葉にする。

「最初にそのミーナ・グレイって少女を殺害した獣人を捕まえていれば、戦争になる必要はなかったんじゃないですか？」

倉野の疑問を受け、レオポルトは首を横に振った。

「それがな、その唯一の目撃者だった従者は証言を残し行方不明になってしまったのだ。イルシュナ軍はそれを獣人側の口封じと考えている」

「それっておかしくないですか？」

倉野は手を口元に当てる。

「獣人側が証人の口封じをする必要はないですよね？　証言で犯人がわかれば、獣人の仕業(しわざ)だとしても、騒動は決着するし」

倉野が自分の意見を述べるとワイティーノが声を荒らげた。

「もしもの話をしても仕方あるまい！　現状、獣人が人間を殺し、人間は獣人を殺した。それがお互いの敵意を煽りつつある。今話すべきは何が起きているか、ではない！　この戦争をどう乗り越えるか、だ」

だが、倉野は首を傾げる。

「こんなことになった理由は理解できたんですけど、なんていうか……」

「裏がある、と言いたいのか？　お前さんは」

レオポルトが語を継いだ。

この事件は何かおかしい。

そもそも、獣人側に戦争を起こす理由がない。

そして従者をさらう理由もない。

「そもそも、なぜ、ミーナ・グレイさんは殺害されたのでしょう」

倉野がそう問うと、ワイティーノはさらに声を荒らげる。

「そんなこと今話すべきことではなかろう！」

「違うぞワイティーノ。クラノが言いたいのは、この戦争は止められるのではないか、ということだ」

レオポルトはそう説明する。

しかし、ワイティーノは恐ろしい顔をさらに険しくした。

「馬鹿な！　イルシュナは壁を壊したあげく軍をジェストまで進軍させ町を占領した。こちら側に死人も出ている。今さら止められるわけがないだろうが！」

だが倉野は首を横に振る。

「例えば、ミーナ・グレイさんを殺害した者の目的がこの戦争だとしたらどうでしょうか？」

倉野自身まだわかっていなかったが、この事件には裏があるような気がする。

ミーナ・グレイが殺害されたのはなぜか。

従者だけ生きていたのはなぜか。

従者がいなくなったのはなぜか。

争うことなく降伏したジェストの役人が一人殺されたのはなぜか。

疑問はいくらでも出てくる。

まるで出来の悪いサスペンスドラマのようだ。

作り物の匂いがする、と倉野は思った。

「目的が戦争だと!?　誰が得をするんだ！　イルシュナはそういう国ではないだろう。商業の国だぞ」

ワイティーノはそう答える。

確かに誰が得をするのかはわからない。

しかし、この事件はわからないことだらけだ。

「誰が得をするのかはわかりません。でも、ワイティーノさんもおかしいと思いませんか？」

倉野が問いかけるとワイティーノは言葉に詰まった。

ワイティーノ自身、おかしいとは思っていた。

だが、自分の国の一部が占領されている状態で悠長にしている余裕はないのだ。

それは倉野にもわかった。

「僕から提案があるのですが、いいですか？」

「構わん、話してみろ」

レオポルトが許可する。

「戦争になるところまで来ている以上、それを阻止するよりもどう対応するかを考えなければならないのはわかります。ですので、事情がわかる人と僕で、事件を調査するチームを作ってもらえませんか？」

止められる戦争ならば止めたい。

倉野がそう提案するとワイティーノは鼻で笑った。

「ふん。まるで貴様ならこの事態を解決できるような言い方だな」

「まるでできないと思っているような言い方ですね」

ずっと否定してくるワイティーノに言い返す。

ワイティーノはさらに言い返そうとしたが、レオポルトが制止した。

「まぁ待てお前さんたち。クラノがここまで言っているんだ、やらせればいいではないか。クラノ、お前さんも巻き込まれる覚悟があるんだろう？」

倉野は力強く頷く。

「もうどうしようもないなら、僕も逃げたいです。戦争なんて見たくない。ですが、戦争を止められるのならば、諦めたくないです。僕は、レオポルトさんもニャルさんもこの国も好きですから」

倉野がそう言うと、レオポルトは嬉しそうに微笑んだ。

「ではこうしよう。ワシとクラノはこの戦争を止めるために動く」

「何を言ってるんだ、貴様！」

ワイティーノが突っかかるが、レオポルトは続ける。

「その代わり戦争を止められなければ、ワシとクラノがイルシュナ軍に乗り込み、先陣を切ろう。それで文句はなかろう。どれほど戦争の対策を練ったところで結局は武力だ。少しでも相手の戦力を削れるなら、ここでどう戦うかを考えるより有益だと思うが。クラノも構わんな？」

つまり、戦争を止められなかった場合は倉野もレオポルトも命を捨てて戦う、ということだ。命を懸けるから、戦争を止めるために動く時間をくれ、というのである。

そこまでレオポルトが覚悟を決めたのであれば、倉野も引けない。

「僕は死にたくないですけど。戦争を止められなければ獣人側の人間として戦いますよ」

そう言うと、流石のワイティーノも黙った。

事実上の容認だろう。

しかし、倉野の背後から異議が飛び出した。

「嫌です！　お父さんもクラノさんも勝手に話を進めないでください。死ぬなんて……私……」

ニャルがそう言って目に涙を浮かべている。

レオポルトはニャルに優しく微笑んだ。

「ニャル、お前の父はこの国の外交官だ。すでに国に命は捧げている。だが、ワシもクラノも死ぬつもりはない。戦争は止めてみせるさ」

ニャルは納得できないようだったが、レオポルトと倉野は別の部屋に移動することにした。

「ワイティーノよ、戦争は止める。だが、絶対ではない。ビスタの兵をまとめ、ジェスト周辺に配備するのは任せるぞ」

「貴様に言われんでもわかっておるわ。……一晩だ。ビスタが行動を起こすまで一晩しかない。その一晩のために貴様は命を懸けるのか？」

「ああ、この一件に関係ないクラノが獣人のために命を懸けてくれた。獣人として逃げるわけにはいくまい」

レオポルトはそう言い残し、倉野とニャルを連れ部屋を出た。

◇

倉野はレオポルトに連れられ、また違う部屋に入る。

そこは応接室のような場所で、向かい合ったソファと机だけのシンプルな部屋である。

倉野とレオポルトはそこに向かい合って座り、ニャルはレオポルトの横に座った。

「さて、クラノよ。お前さん何か考えがあるんだろうな？」

レオポルトがそう言うとニャルは首を傾げる。

「今から考えるのではないんですか？」

するとレオポルトは悪そうな顔をして口角を上げた。

「この男は打算で動く奴ではない。が、勝算もなく命を懸ける奴でもない。お人よしだが、案外聡(さと)いぞ」

「レオポルトさんこそ、武闘派かと思ったら、僕の考えを読んで別室に移動してくれたんですよね？」

倉野がそう言って負けじと口角を上げると、さらにニャルは不思議そうな顔をする。

「どういうことなんですか、お父さんもクラノさんも」

「ふっ。クラノはワイティーノと話している頃から自信ありげにこの戦争を止められる、と言っていた。こいつは確信しておる、この戦争には裏があって、それさえ解決すれば止められると」

レオポルトは倉野の表情を窺(うかが)いながらそう言った。

倉野は心を読まれたような気がしていた。

レオポルトが言った通り倉野は確信を持っている。

この戦争は仕組まれたものであり、止められる、と。

「確かに僕はこの戦争は止められると確信しています。でもなんでわかったんですか？　僕は何も言ってませんよ？」

「お前さんの表情を見ればな、それくらいはわかる。それと一瞬だが、ステータス画面のようなものを開いただろう？　それからお前さんの様子が変わった。何かを確認して確信したんだろう？」

倉野は驚いた。

なんて動体視力してるんだ、この人は。

レオポルトはさらに続ける。

「そしてお前さんにはそれを説明できない事情があるんじゃないか？　そこでワシを別室へ移動させた」

「そこまでわかってたんですね」

倉野は呆れたようにそう言ってため息をつく。

ここまで来たら、この二人には話すしかない。

「これから僕が話すことはここだけの秘密にしてもらえますか？」

倉野がそう尋ねると、ニャルは真っ先に頷き、レオポルトも続いた。

「もちろんです！」

「そのために別室を用意したんだ。約束するわい」

二人の返事を聞き、倉野は言葉を続ける。

「混乱すると思うので、一つずつ話しますね。まず、僕はスキルでこの世のことならなんでも知ることができるんです」

「なんでも？」

倉野の急な打ち明け話に、ニャルはきょとんとしている。

「ええ。『説明』っていうスキルがあって、すでに起こったこと、今起こっていること、大体なんでも知ることができます。例えばこんな感じです。スキル『説明』発動。対象はレオポルトさんのプロフィール」

倉野がそう唱えると説明画面が表示された。


【レオポルトのプロフィール】

本名レオポルト・バッセル。四十五歳。ビスタ国特命全権大使としてエスエ帝国オーリオに在住。元々はビスタ国軍に在籍しており、軍団長として数々の功績を残した。血煙の獅子と恐

れられるほどである。ビスタ国が比較的平和になったことで国軍は縮小、それを機にオーリオで特命全権大使に就任。父の名はレオナルド・バッセル。母の名はルーナ・バッセル。兄弟はおらず、バッセル家の家督を継ぐ。


そこからもずらっとレオポルトのプロフィールが表示され、その文章を倉野は読み上げた。

すると、ある程度予測していたレオポルトも驚いたような顔をする。

「ここまでとは……さっきもそいつでこの戦争について調べたんだな？」

「そうです。で、もう一つ、僕がこのスキル『説明』を発動したとき、もう一つのスキルを発動していて、本来なら誰にも気づかれるはずはなかったんです」

「ワシが一瞬見た表示はこれか」

そう、先ほど倉野はスキル『神速』を発動し、普通の人とは違う時間軸の中でこのスキル『説明』を発動していた。

スキル『神速』は倉野以外の者の時間を停止させるようなものなのだ。

なので、発動した説明画面など誰の目にも映るはずはなかった。

だが、レオポルトだけは一瞬確認しているのだ。

「いったいどんな動体視力してるんですか」

倉野は呆れたように言う。

もしかしたら動体視力ではなく、野性的勘なのかもしれない。

このことを証明するために倉野はスキル『神速』を発動し、レオポルトの背後に移動する。

「き、消え、クラノさんが」

ニャルは突然目の前から消えた倉野に驚く。

しかしレオポルトは背後に気配を感じ振り返った。

「つまり、時間が止まったように感じるほど速く動くスキルか」

相変わらず頭の回転が速い男である。

「このスキル『神速』を発動して僕だけの時間を作って、スキル『説明』でこの戦争の原因について調べたんです」

「この際、驚くのはあとにしよう。とにかく速く動けるスキルとこの世のすべてを見通すスキルを持っている、ということだな。それで、この戦争のことを教えてくれんか？」

そう本題はここからである。

倉野はワイティーノに「ふん。まるで貴様ならこの事態を解決できるような言い方だな」と言われた瞬間、スキル『神速』を発動した。

そう言われて自分なら解決できるとふと思ったのである。

「僕がスキル『説明』で見たものをそのまま見てもらったほうが早いですよね」

倉野はそう言ってスキル『説明』を発動した。

対象は、ミーナ・グレイの死因である。

【ミーナ・グレイの死因】

失血死。獣人の爪により切り裂かれ、苦痛により気を失う。そのまま失血死。

「と、いうことです」

その説明画面を読み上げて倉野はそう言った。

するとレオポルトは首を傾げる。

「それでは情報通りではないか。獣人がミーナ・グレイを殺害しているとなると戦争は止まらんぞ」

「僕も初めはそう思いました。ではこの獣人は誰なんだ、と思いそれもスキルで確認したんです」

倉野はそう言ってさらに対象をミーナ・グレイ殺害の犯人とし、スキル『説明』を発動した。

【ミーナ・グレイ殺害の犯人】

獣人ガルダ・バルクール。

「馬鹿な、ガルダだと!?」

レオポルトは驚き、目を見開いた。

どうやら覚えがあるらしい。

「お父さん、知ってる人ですか？」

ニャルが尋ねると、レオポルトは苦しそうに顔を伏せる。

だが倉野は、その表情の答えも知っていた。

先にガルダ・バルクールの素性をスキル『説明』で確認しており、その正体をそのまま読み上げた。

「ガルダ・バルクール、白の創世のビスタ国支部支部長。その人柄は穏やか。交友関係が広く、ビスタ国において強い発言力を持つ。だが、白の創世の密命（みつめい）によりビスタ国とイルシュナの戦争を画策（かくさく）する。そのためにミーナ・グレイを殺害。……ってことなんです。白の創世っていう表向きは善良な団体の代表ならば、レオポルトさんと面識があっても不思議ではないですから、もしかしたら知り合いなのかなと思っていました」

倉野がそう言うと、レオポルトは伏せていた顔を上げた。

「面識は……ある。ガルダ・バルクールとは国軍にいたときの同期だ。奴ほど正義感に溢れていた者をワシは知らん。軍を辞めた奴は白の創世に入団し、今に至る。まさか、奴が……」

信じられないというよりは信じたくない、といった感じだろうか。

かつての友がこの戦争を起こそうとしている張本人だったのだ、その悲しみと喪失感は計り知れない。

しかし、レオポルトを気遣っている時間はないので倉野は話を進める。

「僕を信じてもらえるものとして話を進めます。ではなぜ、白の創世は戦争を起こしたのか、それを確認しました」


【白の創世がビスタ国とイルシュナ間の戦争を起こしたい理由】

ビスタ国をイルシュナの支配下に置くことが目的。白の創世はイルシュナで発言力を強めているが、現在はグレイ商会がイルシュナでは最も発言力を持つ。そのため、この戦争にグレイ商会を巻き込み壊滅させ、さらにビスタ国をイルシュナが支配するように仕向け、イルシュナごと白の創世が支配しようとしている。


「と、いうことです」

倉野が説明画面を読み上げるとレオポルトは頭を抱えた。

「白の創世の目的はイルシュナとビスタ国、両方を支配することなんだな？　白の創世にとって邪魔なグレイ商会を潰すために、ミーナ・グレイを殺害してこの戦争の発端にし、イルシュナとビスタ国を争わせる。国の規模からして十中八九、イルシュナが勝つだろう。イルシュナがビスタ国を支配したところを狙って、白の創世がイルシュナのトップに座る、と」

状況を整理しながらレオポルトはそう話す。

倉野は頷き、話を続けた。

「ジェストの役人も、白の創世の団員が殺害しています。白の創世は孤児院経営や貧民層の支援をする宗教団体と見せかけ、国を裏から乗っ取ろうとしているんです」

「そんな……」

白の創世の真実を聞きニャルは手で口を押さえる。

この世界の誰もが信じていた白の創世の、真実の姿。今それを知っているのは、白の創世の中枢以外では倉野たちだけであった。

レオポルトはしばらく黙って聞いていたが、自分なりに考え、それならば辻褄が合う、と判断したのだろう。ゆっくりと話し始める。

「それがすべて本当だとして、どうやって証明する？　証明できなければ結局戦争は起きるぞ」

そう、それがスキル『説明』の弱点でもあった。

どのような事件でも一瞬で真相にたどり着けるが、証拠がなければ証明できない。

倉野は考え、ゆっくり話し始めた。

「犯人が獣人である以上、白の創世の仕業だとしても、バレなければ結局戦争は起きますよね。それなのに、ミーナ・グレイの従者が消されたのはなぜなんでしょう」

獣人がミーナ・グレイを殺害した、と従者は証言している。

その事実だけでグレイ商会はイルシュナを動かし、戦争は起きる。

それならば従者を消す必要はない。

レオポルトもそこに気づいた。

「ミーナ・グレイの従者が何かを知っているから消された、ということか」

レオポルトがそう言うと倉野は頷く。

「それさえわかれば証明できると思いませんか？」

「だが、どこにいるのか、いや、生きているかすらわからんぞ……そうかお前さんには……」

「そうです。今起きていることならすべてわかるんです」

「なんでもありだな、お前さん」

レオポルトは呆れたような表情をした。

人を化け物みたいに言うのはやめていただきたい、と倉野は思った。

「スキル『説明』発動。対象はミーナ・グレイの従者の居場所」


【ミーナ・グレイの従者の居場所】

ミーナ・グレイの従者、ロッド・プリッツは現在白の創世イルシュナ支部に捕らえられている。重傷を負っているが生きている。

倉野がその説明を読み上げると、レオポルトは首を捻る。

「なぜ生きているんだ？　白の創世にとってロッドは殺したほうが安全だろう」

「唯一の目撃者ですからね。ミーナ・グレイ殺害だけでは戦争にまで発展しなかったときに使うつもりだったんじゃないですか？　もう一度証言させるにせよ、遺体として発見させイルシュナのビスタ国に対する憎悪を増幅させるにせよ」

倉野がそう言うとレオポルトは頷く。

「そうかもしれぬ。なんにせよ、ワシらが付け入る隙はそこだな」

「一応、確認します。スキル『説明』発動。ロッド・プリッツが捕らわれている理由」


【ロッド・プリッツが捕らわれている理由】

**　彼は犯人である獣人を目撃した際に、その犯人の周りに協力者らしき人がいたことも目撃している。そして、それが白の創世の教徒であるということを黄色の薔薇の紋章で確認していた。事件のショックで曖昧であった記憶を取り戻しつつあったために白の創世にさらわれた。**


「結局、口封じのためにさらわれて、戦争が起こらなかったときのためにストックしてあるということでしょうね」

残酷な話だが、そう考えるのが妥当だろう。

事態が一晩で何度も方向転換しているのでわかりにくくなっているが、図式は簡単になってきた。

整理すると次のようなことになる。

そもそもイルシュナの実力者の娘が獣人に殺されたことが始まりである。

その報復としてイルシュナがビスタに対して侵略を行った。

その際に、ビスタの役人も殺害され、イルシュナとビスタはお互いに憎み合うことになった。

明日にも戦争が始まる。そのような事態になってしまったのだが、実はこの一連の事件は、世界中に支部を置く宗教団体、白の創世が裏で画策していた。

戦争を止めるにはそれを証明するしかない。

その方法が一つだけある。

イルシュナの実力者の娘、ミーナ・グレイを殺害したのは獣人だ、と証言した従者ロッド。

現在、白の創世に捕らえられている彼を取り戻し、白の創世がこの戦争を企図(きと)したことを証言してもらう。

これが今回の勝利条件だ。

「ミーナ・グレイの従者ロッドを取り戻し、すべては白の創世の仕業だということを白日(はくじつ)の下にさらす。それがこの戦争を止める方法ですね」

倉野は改めてレオポルトとそう確認した。

戦争を止められれば倉野たちの勝利。

戦争が起こってしまったら倉野たちの敗北。

「つまり明日の朝までにロッドを取り返せなければ、こちらの負けということだ」

レオポルトはそう告げるとソファから立ち上がった。

そしてニャルの肩に手を置き、優しく微笑む。

「ニャル、ここで待っていてくれるか？　ワシとクラノは行く」

「行くってお父さん、どこにですか？」

「決まっておろう。イルシュナだ」

ニャルは大きく首を横に振った。

「嫌です！　今一番危ないところじゃないですか」

「いいか、ニャル。この戦争を止められなければ獣人は終わる。残念だが今のビスタ国の戦力ではイルシュナには勝てない。そうなれば獣人はイルシュナに支配されてしまう。今以上に立場が弱くなるだろう」

「でもお父さんが死んじゃうのは嫌です」

ニャルは涙を目いっぱいに浮かべる。

だが、レオポルトはその涙に引き留められるわけにはいかなかった。

「死なんさ。このクラノという男はまだ自分の能力を隠しておるぞ。むしろこいつの隣が最も安全かもしれん」

そう言ってレオポルトは優しく笑った。倉野も釣られて苦笑する。

ニャルは精一杯涙をこらえ頷く。

「ちゃんと生きて帰ってきてくださいね……ここで待ってますから、お父さん」

「任せろ！　行くぞクラノ！」

そう言ってレオポルトは倉野と部屋を出た。

◇

そのまま役所からも出て、外の風を浴びる。

「これからとりあえずイルシュナに向かうんですよね。どこから行くんですか？　今から船を出せるなら……」

倉野が言いかけるとレオポルトは大きく首を横に振る。

「陸路で行く。ちょうど人間たちが壁を破壊してくれたしな。このままジェストに向かおう。そこからイルシュナに入れる」

「それこそ一番危険な場所じゃないですか」

倉野はレオポルトの提案に呆れた。

しかし、確かに間違いなく目的地イルシュナへの最短距離だ。

「とにかく車を用意する、ちょっと待っとれ」

レオポルトはそう言ってどこからかリザドーが引く車を調達してきた。

「さぁ、乗れ。行くぞ、クラノ」

倉野とレオポルトが乗り込むと、すぐにリザドーは走り出す。


揺られながら、レオポルトが倉野に語りかけた。

「ジェストは今、人間たちに占領されている。この車で行ったらすぐに見つかるだろう。どうにかできるか？」

「できるかじゃなくて、どうにかしろってことですよね？」

「そういったつもりだが」

レオポルトは悪そうに笑った。

このレオポルトという男はなぜこんなに勘がいいのだろう。

「……できますよ」

「お前さん本当は神の使いか何かか？」

レオポルトは当たらずとも遠からずというようなことを、なんの気なしに言った。

倉野は何も言わずにスキル『隠密（おんみつ）』を発動する。

このスキルは倉野の気配を完全に消し、そこにいるのに認識されなくなるスキルだ。

どんな状況であろうが、誰も倉野の存在に気づくことができない。

「な、消えた……だと。気配すら……」

レオポルトは倉野がスキル『神速』で背後を取ったとしても一瞬で気配を察知した。しかし、気配を完全に消すスキル『隠密』はレオポルトでさえ倉野を見つけることができないようだ。

気配や匂いを頼りに戦うレオポルトにとって、スキル『隠密』は相性が最悪なのだ。

倉野はすぐにスキル『隠密』を解除し、姿を現した。

「消えるスキルか？」

レオポルトが尋ねると、倉野は首を横に振る。

「完全に消えてるわけではないんですよ。極限まで気配を消すことで認識できなくさせるって感じです」

倉野がそう言うと、レオポルトは半ば諦めたようにため息をついた。

「もう人間をやめているのか、お前さん」

「失礼ですね。化け物みたいに言わないでくださいよ」

「すまんすまん。それで、そのスキルは車ごと消せるのか？」

レオポルトにそう問われると、倉野はしばし考え込んだ。

そういえば倉野自身このスキル『隠密』の効果を詳しく知らない。

「ここからジェストまでどれくらいですか？」

「そうだな、朝にはならんくらいだろうか」

倉野の体感から今午後十時ごろだと仮定して、朝になる直前を午前四時だと仮定する。

この世界が二十四時間で一日とするかどうかすら倉野ははっきりとわかっていなかったが、これまでこの世界で過ごした時間の長さに違和感はなかったので二十四時間とそれほどの違いはないものとする。

そう考えると六時間ほどだろうか。

倉野は自分の考えをまとめてから話し始めた。

「現時点で車ごと消すことはできないと思います。でもジェストに着くまでには消せるようになります」

「何を言っておるんだお前さん。それではまるでスキルが成長するみたいではないか」

レオポルトが呆れたように言いながら倉野の顔を見る。

倉野の顔は冗談を言っているようには見えなかった。

「成長するのか、お前さんのスキルは」

レオポルトは振り絞るような声でそう言った。

そんなことはこの世界の常識から大きく外れている。

レオポルトが言葉にならないほど驚くのも無理はないだろう。

倉野は頷き、続ける。

「ジェストに着くまで本気で努力し続ければ、この車ごと消せます。今気配を消すので、レオポルトさんは僕を見つけようとしてください」

スキルの範囲を広げるよう意識しながらレオポルトの目を欺くことでスキルを少しずつ成長させる。それが倉野の作戦であった。

「今はお前さんに従うのが一番の得策だろうな。だが、お前さんなら武力でも戦争を止められるんだろう？」

レオポルトがそう言うと、倉野はしばらく考えた後、こう答えた。

「それじゃあ、駄目なんですよ。それじゃあイルシュナとビスタの戦争を止めるために、もう一つの戦争をしたに過ぎないです。これ以上血を流さずに戦争を止めたい」

「世界を支配できるほどの力を持ちながら、世界を支配せずに平和を望むか。強欲だな」

そう言ってレオポルトは微笑んだ。

「賛成だ、お前さんに。さぁ、消えてみせろ、見つけてやるわい」

それから倉野はスキル『隠密』を発動し続け、レオポルトはそれを破ろうと真剣に気配を探った。

倉野は自分の気配を消したまま、周りの風景すら消していく。空間ごと消える、そのようなイメージでスキルを発動し続けた。

途中レオポルトの驚異的な察知能力により、重圧を感じることもあった。

だが、少しずつ倉野の周囲にあったものがレオポルトの目に映らないようになっていく。

車の装飾、窓からの景色、そしてレオポルト自身の手足。

「なんだこれは……自分の手足を認識できない」

レオポルトはそう言った。

それは少しずつスキル『隠密』の効果が広がっている証拠だった。

じわじわと、水に落としたインクが広がるようにスキル『隠密』の対象範囲が広がる。

ふと気がつくとレオポルトは倉野の姿を見つけていた。

「ど、どうしたんだ。スキルを解除したのか？」

「違いますよ。レオポルトさんが完全にスキル『隠密』の内側に入ったから、僕のことが見えるようになったんです」

倉野は少し疲れた顔でそう説明する。

レオポルトもスキル『隠密』の効果範囲に入っているから、同じ空間にいる倉野を認識することができる。

この時点で倉野はリザードーを含む車すべてをスキル『隠密』で包むことに成功していた。

つまり、倉野とレオポルトを乗せたリザードー車はもう誰にも認識されない。

「これで、堂々とジェストを越え、イルシュナに突入できますよ！」

倉野は疲労感に襲われながらもそう言いきった。

「本当に周りから見えていないのか？　確かに自分の気配を見失いそうになるが……」

レオポルトがそう言いながら窓の外を見ると、ジェストが目前に迫っていた。

集中しすぎていて気づかなかったが、すでに数時間が経過している。

ここで立ち止まるわけにはいかない、とレオポルトはまなざしを強くした。

「正直実感が湧かんが、お前さんを信じる。このままジェストを突っきるぞ」

レオポルトが宣言すると倉野は強く頷く。

このスキルの効果を倉野はエスエ帝国で体感している。

誰も視認することはできないはずだ。

その車は速度を落とさず、イルシュナとの境界の地、ジェストに突入した。

2

現在、イルシュナ軍に占領されているジェストには異様な殺気が漂っている。

レオポルトの話によると、そもそもジェストは大きい町ではない。

住民もそれほど多くなく、イルシュナ軍が攻め込んですぐにほとんどの住民が町の外へ逃げ、散り散りになっているという。

イルシュナ軍の目的は殺戮（さつりく）ではなく占領だったため、例の役人一名以外に死者はなく、逃げた住民を追うようなこともなかった。

逃げられなかった住民は捕虜（ほりょ）として捕らえられているものの、冷遇はされていないだろうとレオポルトは語る。

だが、町の中では人間側の兵士が、明日始まるであろう戦争に備えて待機していた。

町中に人間が溢れている。

すべて合わせれば数千人にも及ぶ兵士がそこにいた。

「こんな数の兵が集まってるんですね……全員臨戦態勢って感じで」

外の景色を眺めながら倉野は呟く。

完全武装した兵士たちが町中を埋め尽くす中、倉野たちは進んでいく。

スキル『隠密』でリザドーを含む車ごと消えているとはいえ、殺気や緊張感や妙な熱気を感じ、それが重くのしかかった。

兵士たちを眺めながらレオポルトは悲しそうな顔をする。

「この戦争を止めなければ、この兵士たちとビスタの獣人たちがぶつかるだろう。そうなればどちらも無事ではいられまい」

「なんとしても止めなければ、ですね」

倉野は自分に言い聞かせるように言った。

その言葉を聞いてレオポルトは、自分が不安になっている場合ではない、と殺気の重圧を断ち切った。

「止めるぞ、クラノ」

「はい！」

「ビスタ軍もジェストに向け進軍しているだろう。もはや一刻の猶予(ゆうよ)もない」

二人を乗せた車はジェストの町を走り抜け、イルシュナとジェストを分けていた壁が見えるところにたどり着いた。

その壁には民家がすっぽり入るほどの穴が開いており、このまま車で通り抜けることができそうである。

しかし、穴の前ではイルシュナ軍の兵士たちが穴を塞ぐように隊列を組んでいた。

このままでは車は通れそうにない。

「どうするクラノ。車を降りて進むか？」

レオポルトがそう尋ねると、倉野は少し考えてから首を横に振った。

「あの集団をかわしてその隣の壁に突っ込んでください！」

「壁にか!?　リザドーといえどあの壁は破壊しきれんぞ」

レオポルトが言い返す。

だが、倉野は真剣に前だけを見ていた。

「大丈夫です！」

倉野が言っているのだから、とレオポルトは諦め半分でリザドーに指示を出す。

「壁に突っ込め！　信じるぞ、クラノ」

「はい！」

リザドーはトップスピードで壁に向かう。

どんどん壁が近づいてくる。

ぶつかる、とレオポルトが目を背けようとした瞬間、倉野はスキル『神速』を発動した。

「スキル『神速』発動！　さらにスキル『剛腕』発動！」

スキル『神速』を発動した倉野は、ぶつかる直前の時間を切り取り、車を降りて壁とリザドーの間に立つ。

さらに彼はスキル『剛腕』を発動した。

このスキル『剛腕』はこの世界で最も硬いと言われているミスリルすら拳で破壊できるスキルだ。

このような人工の壁など簡単に壊せる。

倉野は右手を握りしめ、壁に叩きつけた。

その瞬間スキル『神速』を解除すると、壁はまるで爆発したかのように轟音を上げる。

そして倉野が殴りつけた場所に大きな穴が開いた。

周囲の兵士たちは一斉にその方向を見たが、倉野たちはスキル『隠密』により消えている。

急に壁が崩れてしまった、ように見えているだろう。

新たに開いた穴を車が通り抜けたことを確認した倉野は、再度スキル『神速』を発動して車の中に戻った。

「通り抜けられましたね」

「もはや災害だな、お前さん」

「生物ですらなくなったんですか？」

倉野はそう言い返す。

騒然とするジェストのイルシュナ軍。

倉野たちは振り返ることなく、新たに開けた穴を通過した。

◇

ここから先がイルシュナである。

壁を越えた先には広大な草原が広がっていた。

レオポルトが言うにはこの草原を少し進んだ先に、白の創世イルシュナ支部である教会と、そこを中心とした小さな町があるという。

元々そこには何もなかったのだが、白の創世が教会を建てた。

そして、白の創世が規模を拡大するにつれ、その周囲に家や商店が立ち並び徐々に町になっていったらしい。

故に町に名前はなく、イルシュナではその町のこと自体を「白の創世」と呼んでいた。

「他国なのに詳しいですね、レオポルトさん」

そう言うと、レオポルトは少しだけ口角を上げる。

「これでも外交官だからのう。隣の国のことくらい頭に入っとるわい。世界地図と万能図鑑を搭載した面白びっくり生物兵器が何を言っておる」

レオポルトはそう言い返した。

そもそもレオポルトは武将でありながら智将でもあるというとんでもない人物であるのだが、倉野はスキルだけでその上を行ってしまう。

「面白びっくり生物兵器ってなんですか。僕のことなんだと思っているんですか」

倉野はツッコミ交じりにそう言い返した。

するとレオポルトが急に真剣なまなざしになった。

「異世界人……とかな」

核心をつく言葉に倉野は一瞬固まってしまった。

レオポルトは様々な可能性を一つずつ打ち消し、そんなことはありえないのだが、ありえない中で最もありそうな答えを言葉にしたのだ。

倉野が一瞬固まったことを確認したレオポルトはさらに口角を上げる。

「冗談だ」

レオポルトはそう言って話を切りあげたが、自分が正解を引き当てたことを彼は確信しただろうと、倉野は思った。

このような非常事態の最中（さなか）でも、一緒にいる相手の素性を探っている。つくづく頭の回る男だ。

倉野が言葉を失っていると、レオポルトが進行方向を指さした。

「ほら、そろそろ教会が見えてくるぞ」

倉野が進行方向を確認すると、真っ白で大きな建物が見えた。

その建物を中心に小さな住宅や商店が広がっている。レオポルトが話していた通りの景色であった。

白の創世教会は想像していたよりも大きく、それはそのままこの世界での影響力を表しているように思えた。

これだけの教会を建て、その周辺に町ができている。

それだけ白の創世はこの国で力を持っているということである。

倉野はスキル『説明』で白の創世の正体を知ることができたが、未だにこの世界の人々は白の創世を無邪気に信じているのだろう。

倉野の中で怒りがふつふつと燃え上がる。

「まだ、世界中の人が白の創世を信じているんですよね」

倉野がそう呟くとレオポルトは頷く。

「それだけ白の創世はこの世界に広がっておる。奴らが戦争を起こそうとしていることを知っているのはワシらだけだ。ここでワシらが失敗したら、ワシらは世界を救おうとしている白の創世に喧嘩を売った悪人にされるだろう。だが、今さら確認せんぞ。それでもやるか？　などと言っている場合ではない。やるしかないのだ」

レオポルトはそう言った。

どんなリスクがあろうと、どれほど難しいことだろうと今さらやめるつもりなどない。

それは倉野も同じだった。

「もちろんですよ」

そう言って倉野は微笑む。

自分と同じ熱量で、同じ方向を向いている者の存在がこんなに心強いとは、と感じながら。

白の創世教会を目指し草原を突っきっていく。

住宅が立ち並ぶこのエリアを越えたところに真っ白な教会はある。

「ここを越えれば教会だ。このままスキル『隠密』で潜入するか？」

レオポルトが倉野に尋ねた。

「そうですね、時間がないので車を降りてそのまま潜入しましょう」

倉野がそう言いながら教会の方向を眺めると、何やら不穏な気配を感じた。

「止めてください！」

倉野は咄嗟に叫んだ。

もう教会は目前に迫っている。

だが、こちらはスキル『隠密』を発動している。

誰にも倉野たちは見えていない、ここに来ていることは誰にもわからないはずだ。

つまり、本来なら殺気がこちらに向けられることなどあるわけがないのだ。

だが、この不穏な気配はおそらく殺気。

悪意を込めて向けられた殺気である。

「どうしたクラ……ノ！」

レオポルトもその殺気に気づいたのだろう。

睨み殺すような視線を教会に送った。

「何か来ます！」

「わかっとるわ！」

レオポルトはそう叫んでリザドーを急停止させる。

そしてすぐに倉野とレオポルトは車を降りた。

未だ向けられている、濃密な殺気。

だが、見えているわけがない。

スキル『隠密』の効果は実証済みだ。

それでもなおその殺気は確実にこちらを捉えているようだった。

「気持ち悪いです、相手の手のひらの上にいるような……」

倉野は額から冷や汗を流しながらそう表現する。

レオポルトもその殺気の正体に見当がつかない様子であった。そのため、動けなくなってしまっている。

教会を目前にして、足から根が生えたようになってしまった。

教会の方向を警戒しているものの、殺気以外に違和感はない。

「ワシらは消えているはずだろう、なぜこんな殺気が飛んでくる」

「わかりません。スキル『隠密』が通用していないのか……」

倉野はそう呟きながら、一つの可能性に気づく。

誰も知ることができないことを知る方法が、この世界には確かにある。

「そうか！」

倉野が気づき、そう叫んだ瞬間に、白の創世教会のほうが強く発光した。

「来たぞ！」

レオポルトはそう叫び、倉野に注意を促す。

すると教会の方向から、人間十人分ほどの直径がある炎の塊が高速で飛んできた。

普通の人間であれば一瞬で消し炭になってしまうだろう。

だが倉野にはスキル『神速』がある。

「スキル『神速』発動！」

すべてが停止して見える倉野だけの時間を作り出し、その炎を目前で停止させる。

そしてすぐにレオポルトを掴み、安全圏に移動した。

「あっぶな！」

スキル『神速』を解除し倉野はそう吐き捨てる。

その炎は完全に倉野たちをめがけて放たれていた。

「すまん、完全に油断した。おかげで助かった」

自分が瞬間的に移動し、当たるはずであった攻撃から逃れたことに、レオポルトは礼を言う。

しかし視線は、教会の方向を見据えたままだ。

レオポルトはこの攻撃について倉野に尋ねる。

「なんなんだこれは。ワシらが来ることなど誰にもわかるまい？　姿を見ることすらできないんだぞ。どういうことだ？」

レオポルトは知識が豊富で頭の回転の速い男である。

その男がこんなふうに動揺するとは。

それほどこの状況が理解不能ということだろう。

「多分これは……」

倉野が答えようとした瞬間、再び教会の方向が発光した。

「また来るぞ！　走れ！」

レオポルトはそう叫び全力で走り始める。

先ほどの攻撃は直線でこちらに向かってきた。

ならばその攻撃に対して垂直方向に動けばいい、とレオポルトは右側へ走る。

倉野もレオポルトに続き、右側へ走った。

スキル『神速』でかわせばいいのだが、スキル『神速』は時間を切り取ってしまう。

そうすると何かを見逃すことがある。

何が起こっているのかわからない状況では、できる限りリアルタイムで見極めることが大切だと、倉野は考えていた。

なんとかその炎をかわした。

レオポルトはその炎を観察し、自分の考えを述べる。

「やはり、これは魔法だな。炎系最強魔法の一つ、プロミネンスだ」

その特徴は範囲の大きさと速度だと、レオポルトは言う。

この攻撃が魔法だろうがなんだろうが、とにかく教会へ向かうしかない。

だが、近づけば近づくほど、プロミネンスが放たれてから届くまでの時間は短くなる。

見極めている場合じゃない、と倉野はスキル『神速』を発動し、単身で教会まで走った。


高くそびえ立つ白の創世教会。

その入り口の前には、全身真っ白な服に身を包んだ銀髪の男が立っていた。

状況的に先ほどの攻撃はこの男のものだろう。

停止した時間の中で有無を言わせずに攻撃するのは卑怯なのだが、このような状況でそんなことは言っていられない。

早急にこの戦いから離脱していただこう。倉野はその男の腹部に拳を叩きつける。

スキル『神速』で止まった相手の無防備な腹部に一撃を入れ、意識を奪う。戦闘になればこの方法が最も効率的で確実である、と倉野は学んでいた。

何度もこれで勝ってきた倉野は過信していたのだろう。

拳から全身に走る痛みに、言葉にならない声を漏らした。

「ぐあああああああ！」

熱い、痛い、熱い、痛い、と高速で切り替わる感覚。

銀髪の男に触れた拳から、痛みそのものが流れ込んでくるようだ。

そのショックで倉野はスキル『神速』を解除してしまった。

銀髪の男にとって倉野はいきなり現れた存在であるはずだった。

だが、その男はわかっていたかのように、倒れ込む倉野を見下ろす。

「やぁ、どうも。クラノアツシさん」

自分の名前を呼ばれ、倉野は背筋が寒くなった。

得体の知れないものへの恐怖。

それが倉野を包んだ。

「お、お前は、何者だ」

「僕かい？　僕は唯一君を理解できる者だよ。ゼロと、そう呼んでくれたまえ」

ゼロと名乗った男はそう言って蛇(へび)のような笑いを浮かべる。

倉野はすぐに立ち上がり、ゼロと距離を取った。

倉野にとって戦闘とは、止まっている時間の中で相手を殴り、意識を奪うという作業になりつつあった。

だが、スキル『神速』を発動してこの相手を殴れば、再び先ほどの痛みが返ってくるだろう。

そう考え、戦うという行動には痛みが伴うことを思い出した。

そんな状況でも倉野は考えることをやめない。

先ほどゼロが放った「唯一君を理解できる者」という言葉。

そしてすべてを見抜いているような行動。

「……スキル『説明』を持っているんだな」

倉野はそう口にし、身構えながらゼロと向き合った。

するとゼロは再び不気味な笑みを浮かべる。

「せぇかぁいだよ、クラノ。頭の回転は悪くないらしいな」

どうやら状況は最悪だと倉野は理解した。

つまりこのゼロという男は、倉野と同じスキル『説明』を所持している。

倉野は状況を言葉にし、改めて整理し始めた。

「スキル『説明』で戦争を止める者、とでも調べたんでしょう。そして僕の存在を知り、僕のことを調べた。そしてリアルタイムで僕の行動を監視して、それに対処する行動をとったってことか」

倉野の推理を聞き、ゼロは嬉しそうにする。

「滾（たぎ）るねぇ！　ほぼ正解だよ！　僕はこのスキルで今まで楽に生きてきた。これだけのスリルを感じられる相手は君だけだよクラノ！　君の正体も知っているよ、異世界人だろ！　スキルも恐ろしい数を持っている！　だが、魔法は持っていないようだねぇ！　スキル『神速』で素早く動けても魔法を受け止めることはできない。この雷を纏（まと）う魔法はかわせない」

先ほどゼロを殴ったときに感じた痛みは電撃だったようだ。

ゼロは倉野の最強スキルをすべて知っている。

知ったうえで、倉野が持っていない魔法で対処しているのだ。

倉野にとって天敵のような男といっていいだろう。

「スキル『説明』があれば、平和な世界も作れる。いろんな人を救える。自分の好きなように生きられるだろう。それだけ強いのにどうして人を傷つけなければならないんだ」

倉野がそう叫ぶと、ゼロは大声で笑い始めた。

「ふふふ、はははははははは！　何を言うかと思えば！　好きなように生きているさ！　僕は人を支配して生きていたいんだよ。このスキルはすべてを見通す。神に選ばれた、というよりも神そのものなんだよ、このスキルを持つ者はなぁ！」

「世界征服でもするつもりか」

「その通りだよ！」

そう言って笑うゼロに、倉野は言葉にならないほどの嫌悪感を覚える。

ゼロは倉野を知っているが、倉野はゼロを知らない。

だが、悲しい過去があったから悪党になった、というような男ではないことはなんとなくわかる。

歪んで生まれ、歪んで生きている。

そのような相手に何を言っても無駄だ。

ゼロに触れた拳から熱さと痛みが流れ込んでくる。

予測していなかった先ほどの痛みと違い、今回はわかっている。

だが、わかっていても魔法の電撃に耐えられるものではない。

「ぐあああああああ」

我慢するつもりであったが、思わず苦痛を叫びに変換してしまった。

ちょうどそのタイミングで、レオポルトが声をかけた。

「大丈夫か、クラノ！」

正体がわからない相手だったからレオポルトは置いてきたのだったが、追いついてきたらしい。

「レ、レオポルトさん……危ないですから、下がっていてください」

倉野の頭に最悪のケースが浮かび上がる。

ゼロの攻撃の対象が倉野ではなくレオポルトになった場合、倉野は防戦するしかなくなる。それも、レオポルトを守るための防戦だ。

考え込んでいると、レオポルトは不満そうな顔で言った。

「お前さん、わざとワシを置いていったな？」

「え？」

「馬鹿にするなよ」

レオポルトはそう言って右手をゼロに向けた。

「かわせよクラノ！　ストーンスピア！」

レオポルトが唱えると、右手から石の槍(やり)が放たれる。

「なんでえええええ！」

その槍は倉野に向けて放たれていた。

もちろんそれは倉野がかわすことを前提に、倉野の背後にいるゼロをめがけているのだが、いきなり石の槍を高速で投げつけられるとやはり恐ろしいものである。

瞬間的に、スキル『神速』を発動し槍をかわす。

槍の刃先は倉野からゼロへと標的を変えた。

だが、ゼロは表情一つ変えずに左手を差し出す。

「雷の壁」

先ほどまでの陽気なゼロとは思えないほど、つまらなそうにそう唱え、魔法で電撃の壁を出現させる。

魔法に対処できるのは魔法だけ。

その言葉通り、電撃の壁は石の槍とぶつかり、消滅した。

「邪魔するなよ、獣人ごときが」

ゼロはレオポルトに冷たい目を向ける。

その隙に倉野はゼロと間合いを取りレオポルトの隣に立った。

「お前さんは魔法が使えんのだろう。いくら強かろうが、魔法と対抗できるのは魔法だけだ」

レオポルトはそう言って再び魔法を放つ。

「ストーンスピア！」

石の槍が再び飛んでいった。

しかし、ゼロはまったく恐れる様子はなく、次は右手をかざす。

「人間の言葉が理解できないのか、獣人。邪魔をするなと言っているんだ。プロミネンス」

ゼロの右手から放たれた炎は石の槍とぶつかり、双方とも消滅した。

不機嫌そうなゼロだが、レオポルトの攻撃には回避行動をとっている。

つまり、魔法の攻撃は相殺（そうさい）しなければならない、ということだろう。

「獣人ごときという割には、必死じゃないか。白の創世」

レオポルトが煽るようにそう言うと、ゼロは奥歯をギリギリと噛みしめた。

「お前なんか、クラノがいないと僕のことにも気づけなかっただろうが。馬鹿みたいに手のひらの上で踊っていればいいものを」

「イライラするな。みっともないぞ」

レオポルトはそう言って、両手を空に掲げる。

「ストーンハンマー！」

レオポルトがそう唱えると、ゼロの頭上に巨大な石のハンマーが出現した。

そして即座に落ちてくる。

「めんどくさいな！　くそ猫！」

ゼロはそう言って左手をそのハンマーに向けた。

「降り注げ、サンダーボルト！」

電撃が石のハンマーに躍りかかり、石のハンマーは砕け散る。

その様子を見てレオポルトはさらにゼロを煽った。

「どうした、余裕がなくなっているように見えるが？」

「調子に乗るなよ、畜生(ちくしょう)風情が」

ゼロを必要以上に煽るレオポルトに、倉野は違和感を覚えた。

「どうしたんですか、レオポルトさん」

「お前さんはあいつと相性が悪いんだろ、クラノ」

確かにレオポルトの言う通りゼロとは相性が悪い。

こちらの動きを先読みされる以上、魔法で対策されたら攻撃が通らないのだ。

「確かに相性は良くないですけど」

「かといって、ワシが単体で勝てる相手でもない。だろう？」

レオポルトは状況をよく見ている。

ゆっくりと頷く倉野。

ゼロはレオポルトの動きを先読みできる。

その気になれば動きを封じ、圧倒できるだろう。

今そうしないのは、倉野がいるからである。

おそらく倉野がスキル『神速』をいつ発動してもいいように、自分に電撃を纏わせる魔法を発動し続けているはずだ。

それさえなければ、ゼロは今すぐにでもレオポルトを蹂躙（じゅうりん）できるだろう。

行動を読むとはそういうことだ。

そして、倉野もゼロも行動を読める以上、魔法を使えるゼロが一歩勝っている。

もちろん倉野が単体で勝つ方法はあった。

何度もゼロを殴り続ける。

ゼロを殴ると倉野には電撃が流れるが、倉野はダメージに対する軽減スキルも向上するのだ。

何度も食らうことになるが、いつかは魔法に対する苦痛軽減ができるだろう。

「僕単体で勝つにしても……」

倉野が心の声を漏らすと、レオポルトは即座にその先を読んだ。

「時間がない、か？」

空は少しずつ明るくなっていた。

完全に朝になれば戦争が始まってしまう。

ゼロに勝てるだけでは意味がない。

なんとしてもゼロを倒し、朝までにロッドを救出しなければならないのだ。

戦争を止めることが今回の勝利だということは、ひと時たりとも忘れてはいけない。

「時間がありませんし、相手も僕と同じスキル『説明』を使うんです」

倉野がそう言うと、レオポルトはため息をついた。

「お前さんと同じく、なんでも見通すということか。見通す者同士だと、魔法で対処できるほうが有利だな」

倉野は頷いた。

倉野とレオポルトが相談しているのが気に食わなかったのか、ゼロはまたもや炎を放つ。

「プロミネンス！」

倉野は驚きながらもスキル『神速』を発動し、レオポルトごと回避した。

「そっちだけで盛り上がるなよ、クラノォ」

「秘密を知りたがる男は嫌われますよ」

倉野がそう言い返すとゼロは笑い始める。

「余裕そうに言い返しているけどさ、クラノの思惑くらい手に取るようにわかるさ。もうすぐ朝になる。そうすれば戦争が始まる。戦争が始まれば、もう止まらないよ。僕を倒そうがビスタは滅び、そのすべては白の創世が手に入れる」

言葉から察するにゼロは倉野に勝てなくても時間さえ稼(かせ)げればいい、と見切っている。

どうすればいい。倉野は必死に頭を働かせた。

魔法に対抗できるのはレオポルトだけである。

しかし、レオポルトはゼロの先読みに対抗できない。

倉野は魔法に対抗できない、という状況である。

「クラノ、落ち着け。お前さんはあいつに一発入れることはできるんだな？」

レオポルトに小声で問われ、倉野は頷く。

「はい。でもゼロの纏っている魔法を越えられないんです」

「逆にダメージを受けるだけということか」

「そうなんです」

倉野がそう答えるとレオポルトはゼロに右手を向けた。

「ストーンスピア！」

放たれる石の槍。

だがゼロも左手から電撃を放ち、石の槍を相殺した。

「無駄だよ、獣人」

ゼロは不機嫌そうにそう言った。

しかし、レオポルトは笑みを浮かべた。

「ワシの魔法には防御行動をとっておる。つまり当たればただではすまん、ということだ」

「ええ、それはそう思います」

倉野はそこまで答えてひらめき、レオポルトの目を見る。

レオポルトも同じことを思いついたらしく口角を上げた。

「合わせ技ですね」

「ああ、そうだ。だが、他人の魔法を纏うなど、聞いたこともないし、試した者などおらんはずだ。魔法はイコール攻撃だからな。纏わされた時点でダメージは受けるぞ」

レオポルトはそう言う。

だが、それくらいのことは覚悟している。

「問題ないです……でも一応回復魔法を使ってくれませんか？」

「かっこつかんのう。回復魔法は最低限の止血くらいしか使えんわい。それでもやるか？」

レオポルトは改めて倉野に問いかけた。

「やりますよ。でもお手柔らかにお願いしますね」

倉野が答えるとレオポルトは不敵な笑みを浮かべる。

「そいつは保証せん」

そこでゼロはしびれを切らしたらしく、右手と左手を同時に構えた。

「何こそこそしてんのさ。時間がなくなって困るのはそっちじゃないのかい？　プロミネンス！

さらにサンダーボルト！」

ゼロがそう叫ぶと、右手から炎、左手から電撃が放たれる。

「来たぞ、クラノ！」

「わかってますよ！」

レオポルトに促され倉野はスキル『神速』を瞬間的に発動し、レオポルトを連れてその攻撃をかわした。

そのままスキル『神速』を解除してゼロに突っ込む。

それを見てゼロは嬉しそうな顔をした。

「そうだよクラノ！　お前と僕は傷つけ合うことでしか交われないんだよ！　もっとクラノを感じさせろよ！」

心底吐き気がする。

ゼロは信念があるわけではない、ただ歪んでいるだけだ。

自分の能力におぼれ、過信し、あらゆる者を見下している。

自分を神だと名乗り、宗教を利用し、裏から人を動かす。

戦争を起こし、火事場泥棒のように国ごとかっさらう。

世界は違えど、そういう人間はいる。

ゼロに向かって走る倉野にゼロは何度か魔法で攻撃したが、倉野はすべてスキル『神速』で回避した。

そしてゼロの目前まで来た。

するとゼロが言い放った。

「殴れよクラノ！　僕に触れられるものならなぁ！」

しかし、倉野はゼロの言葉など聞いていなかった。

「レオポルトさん、今です！」

「死ぬなよ、クラノ！」

レオポルトはそう叫び、右手を倉野にかざす。

それを見てゼロは目を血走らせた。

「何をするか知らないけどなぁ！　スキル『説明』の前では無力なんだよ！　スキル『説明』発動！　自分に起こること！」

ゼロはそう言って説明画面を表示させる。
だが、その説明画面を見た瞬間に表情が凍(こお)った。
「な、ど、どうして」
ゼロが言葉を失った瞬間にレオポルトは魔法を発動する。
「ストーンガントレット!!」
倉野の右手に小さな石が集まっていく。
その石は高速で倉野の右手にぶつかり、倉野の右手を覆った。
倉野の右手に飛びついた石がそのままくっついているような感じである。
もちろんそれは魔法で攻撃されているように痛みを伴う。
「ぐ、ぐわあああああ！」
痛みを噛み殺せず、倉野は声の限り叫んだ。
だが、これしか時間をかけずにゼロを倒す方法はない。
痛い、痛い、痛い、痛い。
頭の中がその単語だけで埋め尽くされた。
飛びついてくる石の打撃。
張りついていく石の圧迫。
石にまとわりつかれる痛み。

一瞬で終わったはずなのに永遠にも感じる痛みだった。

だが痛みを代償に、倉野の右手は肘(ひじ)まですべて、まるで手甲(しゅこう)のように石でコーティングされた。

「や、やめ、やめろ！」

ゼロは懇願するように倉野に言う。

しかし、倉野は痛みで何も聞こえなかった。

「う、うおおおお!!」

そう叫びながら石の塊と化した右手をゼロに叩きつける。

魔法を越えられるのは魔法だけ。

その拳は倉野のもの、だがその拳は痛みと魔法を纏っている。

つまりこの拳はゼロの纏っている電撃を越えるということ。

倉野が決死で繰り出した攻撃は、ゼロの腹部を完璧に捉えた。

「……!!」

魔法を纏った拳で腹部を殴られたゼロは、声にならない叫びとともに空気を吐き出した。

倉野の想いとレオポルトの怒りを乗せた拳はしっかりとゼロに届く。

そのままゼロは白日をむき、その場に倒れてしまった。

「案外呆気なかったのう」

レオポルトがそう言うと、倉野はへなへなと倒れ込み、言い返す。

「死ぬほど痛いし、死ぬほど疲れました」

「大丈夫だろう。少なくとも死んではおらん」

レオポルトは微笑みながら倉野にそう返した。

すると倉野の右手を纏っていた石が崩れるようにボロボロと剥がれた。

石の手甲が外れた倉野の右手は赤紫（あかむらさき）に変色しており、指も手首も変な方向に曲がっていた。

「打撲と裂傷と骨折と内出血と捻挫（ねんざ）だな」

倉野の右手を見てレオポルトは冷静に並べ立てた。

「冷静に診断してないで回復してくださいよ」

「ぐちゃぐちゃだな。ここまで来たら、ちゃんとした回復魔法師じゃないと無理だ。完全に治すのは無理だが、止血と痛み止めくらいはできるはずだ」

レオポルトは倉野のクレームにも冷静に対応する。

右手を、倉野の右手だったものにかざした。

「癒しを」

レオポルトがそう唱えると、倉野の右手は少しだけ回復した。

痛みが完全に消えたわけではない。

しかしながら、なんとか立ち上がれるほどには回復した。

「ありがとうございます。まだ多分、骨折はしてますね。拳を握るとかはできないです」

倉野が立ち上がりながらそう伝えると、レオポルトは一気に疲れたような表情をした。

「それで十分だろう。ワシも魔法を使いすぎて死にそうだ」

「大丈夫です。少なくとも死んでないですよ」

先ほどの仕返しのように倉野はそう言い返す。

改めて倒れているゼロを眺め、レオポルトは疑問を口にした。

「どうして最後のあの攻撃をゼロは回避できなかったのだ？」

倉野は自分なりの回答を話す。

「ゼロは、スキル『説明』で自分に起こることを先読みしたんですよ」

スキル『説明』は未来を読むことはできない。

だが、それに近いことはできる。

例えば相手を殴ろうと思ったときに、そう考えてから行動し相手に拳が届くまで時間差がある。

ゼロは倉野が何かをしようとした瞬間に、その情報を読み取り魔法で対処していた。そのため先読みしているように感じられたのだ。

そして、最後の攻撃を当てられる際にもゼロはその方法で回避しようとしたのだったが、あの場合、魔法での防御は突破される。

さらに回避しようにも、倉野がスキル『神速』を発動したら回避しようがない。

スキル『説明』と魔法に頼ってきたゼロは体術では倉野に敵わない。

つまり、詰み、の状態にあった。

そんな状況ではスキル『説明』は答えを出せない。

答えのないことには答えられない。

それがスキル『説明』の限界なのだ。

「スキル『説明』に頼っていたゼロは最後までその答えに頼り、答えが出なかったから何もできなかったということか」

倉野の解説をレオポルトはそうまとめた。

「そうです。と、いっても僕もスキルに頼りきってて、魔法の壁を越えられなかったらゼロに負けてましたけど」

倉野はそう言って笑う。

レオポルトは倉野の肩をポンポンと叩き、その度胸と強さを称えた。

ゼロとの戦闘を終えた倉野とレオポルトは次の行動に移る。

「さてクラノ。勝利に浸っていたいところだが時間がない。さっさと次に行こう」

倉野も同じ考えだ。

「ええ、ですからここから先は僕に任せていただけますか？」

「考えがあるんだな？　いや、なるほど……時間停止のようなスキルを使うのか」

「はい。ここから先は戦闘はないでしょうし、可能な限りスキル『神速』で行動したいと思います。発動したら次の瞬間には、ロッドさんと一緒に互いの軍がぶつかり合う地点にいると思ってください。どうでしょう、僕を信じていただけますか？」

「ふっ、愚問だな。もう信じている……頼んだぞ、クラノ」

レオポルトの答えを聞いた倉野は頷き、スキル『神速』を発動した。

◇

スキル『神速』発動時の倉野は光よりも速く動くことができる。

それはまるで世界が倉野を置いて止まっているように見えた。

倉野はレオポルトを置いたまま、世界が止まっている状態で教会の中に侵入する。

教会の重い扉を開くと、そこは大広間のようになっている。

だが、内装まで真っ白なので倉野は気持ち悪さを覚えた。

壁も白、床も白、天井も白、置いてあるものもすべて白。

その広い空間にいくつかの椅子と大きな窓があり、教会というには殺風景な気がする。

そして大広間には武装した男たちが何人も待機していた。

おそらくはゼロの指示を受け、ここを防衛しているのだろう。

だが、彼らはゼロが負けるとは一切考えていないように見え、保険のつもりで待機していると思われた。

教会にふさわしい雰囲気とは言えず、この空間は教会とは名ばかりのアジトなのだろうか。

白で統一した空間も、見る者を無理やり洗脳するようなイメージを持ってしまう。

「教会というより集会所って感じかな。目的地は地下だから……」

そう呟きながら倉野は武装した男たちをかわしながら通り抜け、地下への道を探した。

大広間を進み、一番奥の扉に進むと、その扉には鎖がかけられていた。

「あからさまに何か隠している扉だな。もう少し隠し方ってのを学んだほうがいいと思うよ。人を隠すなら人の中、木を隠すなら森の中。人を隠した扉に鎖をかけるなんて無能すぎないか？　ってそうか、ここまで踏み込まれると想像してないから、隠す必要はないのか。中から出ることができなければ問題ない、と」

倉野はそう考察しながらスキル『剛腕』を発動した。

しかし、右手は先ほどゼロと戦ったときに大きなダメージを負っている。

そのため倉野は左手にスキル『剛腕』を発動し、扉を殴りつけた。

「はあ！」

気合を込めて殴りつけると、扉はドゴォと音を立て吹き飛ぶ。

その扉の向こうは薄暗く見えにくい状態だったが、予想通り地下へ続く階段があった。

「よし、ここから地下に行けるみたいだな。にしても、作戦の規模の割に防衛策が雑なように感じるな。それもこれもゼロのスキル『説明』ありきだったってことか？」

違和感を覚えながらも倉野は階段を下っていく。

薄暗く、空気の淀(よど)んだ階段を下っていくと、小さな灯(あか)りが見えた。

その灯りが照らすのは錆(さ)びついた鉄格子である。

鉄格子の中には横たわる男がいた。

状況からその男がロッドであると推測できる。

だが、この状況で推測を頼りにするわけにもいかないので、倉野はスキル『説明』を発動した。


【この男の名前】

ロッド・プリッツ。


「よし、この男がロッドで間違いない」

確信を得た倉野はスキル『剛腕』で鉄格子を破壊し、ロッドを抱きかかえる。

よく見ると、胸部から腹部にかけて大きな爪で切り裂かれたような傷痕(きずあと)があった。

回復魔法で止血治療をしたようだが、傷が大きすぎたために残ってしまったのだろうか。

ともかく倉野はそのままロッドを抱え、地下を脱出した。

来た道をたどるようにして教会から出る。

そこには先ほどの体勢のまま止まっているレオポルトがいた。

その姿に倉野はなぜか安心した。

空気の淀んでいた教会の中では重圧を感じていたのだろうか。

倉野は抱きかかえているロッドを左手一本で引きずる形に変更し、レオポルトを右手で引きずることにした。

「お、重い。特に右手が。ボロボロの右手でこんな筋肉マンを引きずるなんて重労働すぎませんか？」

文句を垂れ流しながらロッドとレオポルトを引きずりジェストに向っていたが、いくらか進んだときにふと思いつく。

「スキル『剛腕』で抱えればいいんじゃないか？」

そう呟いて倉野は落ち込んだ。

「初めっからこうすればよかった」

倉野はスキル『剛腕』を発動してレオポルトとロッドを抱え、ジェストへ走る。

なんとしてもイルシュナとビスタの戦争を止めなければならない。

戦争になったら十中八九ビスタは敗北する。

そうなると、今でさえ差別の対象になっている獣人たちはすべて奴隷のような扱いを受けることになるだろう。

　そのような事態を阻止するために、倉野はスキル『神速』と『剛腕』を同時に使用しジェストへ走り続けた。

　倉野はスキルにより疲労軽減されているはずだが、自分に獣人たちの未来がかかっていると思うとどんどん疲弊（ひへい）していった。

　だが、そんなことを考えている場合ではない。

　何がなんでも戦争を止めるんだ、と倉野は地面を蹴り続けた。


　距離も時間も考えず走り続けると、イルシュナとビスタを分かつ壁が見えてきた。

　倉野は先刻、壁を通過する際に自らが開けた大穴を目指した。

　向かうべき場所が見え、さらにスピードを上げた倉野はジェストの町に突入した。

「兵士たちがいない！」

　倉野はジェストに突入してすぐに気づいた。

　先刻ジェストを通過したときには待機していた何千人という数の兵士たちが、一人も見当たらない。

　つまり兵士たちは戦争を始めるため進軍しているということである。

「やばい、始まったのか？」

焦りながらも倉野はまっすぐにジェストの町を駆け抜けた。

ジェストを通過し、ビスタの首都であるチェリコへの道に入る。

この道のどこかでイルシュナ軍とビスタ軍がぶつかるはずだ。

「間に合ってくれ！」

願いを言葉にしながら倉野はひたすらに走る。

すると倉野の視界に希望の光が差し込んだ。

進軍しているイルシュナ軍の最後尾が見えたのである。

「見えた！」

倉野は喜びのあまり心の叫びを我慢できない。

最後尾の様子から察するに、まだ戦争は始まっていないようだ。

少しほっとして兵士の列をたどり先頭に行き着くと、その場所から進行方向にビスタ軍の列が見える。

距離にして一キロメートルほどだろうか。

その距離を挟んで、イルシュナ軍とビスタ軍は向かい合っていた。

イルシュナ軍が数千人。ビスタ軍はそれより明らかに少なく千人ほどだろうか。

状況的には戦争が始まる直前であると読み取れる。

「良かった、ギリギリ間に合った。やるんだ……やるんだ！」

自らを奮い立たせるように倉野はそう呟き、イルシュナ軍とビスタ軍の中間点に立った。

レオポルトを自分の横に立たせ、ロッドは地面に寝かせる。

「行きますよ、レオポルトさん」

そう呟き倉野はスキル『神速』を解除した。

倉野以外の時間が動き出す。

地響きのように数千人の足音が聞こえ、足元が揺れた。

「間に合ったか、クラノ」

レオポルトは冷静にそう言う。

レオポルトからすれば、ゼロを捕縛した途端に瞬間移動し、この場に立っているという感覚であるはずなのだが、持ち前の頭脳で即座に理解したらしい。

ともかく、戦争が始まる前になんとか間に合った。

しかしイルシュナ軍もビスタ軍もすでにすぐそばまで迫っている。

殺気と殺気が直線上でぶつかり合っていた。

「間に合ったかどうかは微妙です」

倉野は現状をレオポルトに伝える。

確かに状況的には戦争が始まる直前。

戦争を止める、となればイルシュナ軍とビスタ軍がお互いの姿を認識する前に説得するのが最良だろう。

ここまで殺気を放ち合っている状態、お互いが目前にいる状態では、もはや止まらないかもしれない。

だが、レオポルトは優しく微笑んだ。

「大丈夫だ。まだ始まっていないのならいくらでも止められるわい」

そのとき足元で横たわっていたロッドがもぞもぞと動く。

いきなり見知らぬ場所にいることに、戸惑っているようだった。

「こ、ここは……？　イルシュナ軍と……ビスタ軍!?」

「ロッドさん、落ち着いてください」

狼狽えるロッドに倉野が話しかける。

しかし、ロッドは倉野たちにも怯えてしまった。

「だ、誰ですか!?　これはいったい……」

ロッドが怯えるのも無理はない。

彼はミーナ・グレイと一緒にいたときに襲われ、目の前でミーナ・グレイを殺害された。そして彼自身も重傷を負った。さらにその状況を証言した後に、白の創世にさらわれ地下牢に捕らわれた。

それで、地下牢で捕らわれていたはずなのに、急に戦場のど真ん中に連れてこられたのだ。

殺害されたミーナ・グレイとジェストの役人に次ぐ被害者であることは間違いない。

だが、今は優しく説明している時間はない、とレオポルトが早口でロッドに説明する。

「ワシはビスタ国外交官のレオポルト・バッセルだ。詳しく説明しておる時間はない。いいか、今から戦争が始まる。止められるのはロッド、お前さんだけだ。すでに知っておるだろう、すべては白の創世が引き起こしたものだということを」

レオポルトがそう言うと、ロッドは震えながらも頷いた。

「は、はい……」

「ワシとこちらの男で両軍を足止めし、お前さんが証言する時間を作る。だから頼む、なんとか証言してくれんか」

レオポルトはそう言ってロッドに懇願する。

だが、そう言っている間にもイルシュナ軍とビスタ軍は距離を縮めていく。

迫りくる両軍を見たロッドは、考えている時間はない、と判断したのか素早く頷いた。

「わ、わかりました！」

ロッドの了承を得たレオポルトは、自分の味方であるはずのビスタ軍のほうに向き直り、身構えた。

倉野もレオポルトの背に自分の背を合わせる形でイルシュナ軍を見た。

「レオポルトさん、そっちのほうが数が少なくないですか？」

倉野がレオポルトにそう言うと、レオポルトは振り返らずに微笑む。

「気のせいだろう」

レオポルトはそう口にして深く息を吸い込んだ。

「誇り高き獣人たちよ……止まらんかぁ!!」

レオポルトは吸い込んだ空気をすべて吐き出すように叫ぶ。

その姿はまさに獅子。

獅子の咆哮（ほうこう）であった。

鼓膜（こまく）が破けそうな咆哮は空気を揺らし、ビスタ軍に届く。

レオポルトの悲しみも怒りもすべてを乗せた魂の言葉にビスタ軍の獣人たちは気圧（けお）され、一瞬足を止めた。

一瞬でいい。

一瞬冷静さを取り戻し、自分の姿を確認すればビスタ軍は話を聞くだろう、とレオポルトは考えていた。

しかし、戦争という殺気と重圧が入り乱れる状況に我を忘れ、周りが見えなくなっている者が少なからずいる。

そんな一部の獣人が、レオポルトの咆哮にも足を止めずまっすぐに進んできた。

数は数十人であるが、彼らがイルシュナ軍とぶつかれば足を止めた獣人たちも再び前進してしまう。

なので、一人だろうと通すわけにはいかないのだ。

だが、一部の獣人たちは刃を構え、相手の命を奪うためだけに地面を蹴る。

戦争という特殊な状況が兵士の冷静さを奪い、敵を斬るだけの魂(たましい)なき人形にしている。

「我を失っているのか……仕方あるまい」

レオポルトがそう呟くと、背後から倉野が声をかけた。

「大丈夫ですか？」

「心配するな。獣人たちはワシが止める。お前さんは振り向かず、人間を止めてくれ。何があってもイルシュナ軍を止めるまで振り向くんじゃないぞ」

レオポルトはそう言い、再び深呼吸をする。

その間も冷静さを失っている一部の獣人たちはまっすぐに向かってくる。

その瞳にはレオポルトたちの姿など映っていないだろう。

そんな獣人たちを相手にレオポルトは殴りかかるでもなく、必死に止めるでもなく、道を塞ぐように立ちはだかった。

「止まるんだっ……ぐっ……！」

レオポルトは足を止めない獣人の一人が構えている刃を体で受ける。

その獣人はレオポルトに斬りかかったわけではない。

ただレオポルトの姿が見えず、ひたすらイルシュナ軍だけに焦点を合わせ、走っていただけだった。

刃を前に構えて走っていただけだった。

そして、その刃が立ち塞がったレオポルトの腹部に刺さった。

それだけである。

「え……？」

レオポルトに刃を突き立ててしまった獣人はその感触で我に返り、ようやくレオポルトの姿を認識する。

「レ、レオポルトさん！　お、俺……レオポルトさんを」

「止まらんかぁ！」

刃を腹部で受けながらもレオポルトは再び咆哮した。

空気というものは感染する。

レオポルトを刺してしまった獣人が戸惑いで我を取り戻し、それを目にした他の獣人も足を止めていた。

そのタイミングを見計らったレオポルトの咆哮が今度は獣人たちに響いた。

そこでビスタ軍は全員動きを止めた。

「止まったか……」

足を止めたビスタ軍を眺めレオポルトは嬉しそうにそう呟き、血を吐く。

「こほっ……」

レオポルトの吐血を目にしたビスタ軍の獣人たちは口々にレオポルトの名前を呼んだ。

「な、レオポルトさん!!」

「レオポルトさん!!」

その声を聞き、レオポルトは満足そうに膝をつく。

そんなレオポルトの状況を、倉野は振り向かずに背中で感じ取っていた。

レオポルトはこう言っていた。

何が起きても振り向くな、と。

つまり、レオポルトはこうなることを予測していた。

獣人たちに冷静さを取り戻させるためにわざと刃を受けたのかもしれない。

レオポルトは文字通り命懸けでビスタ軍を止めた。

これは信頼だ、と倉野は感じた。

自分が倒れてもイルシュナ軍は必ず倉野が止める、というレオポルトの信頼で覚悟だ。

「不器用な人ですね、レオポルトさんは。もっと他に方法があったでしょうに」

倉野はそう呟き、迫りくるイルシュナ軍を目で追いかけた。

なんとしてもイルシュナ軍は止めますよ、と倉野は心の中で語りかける。

「スキル『神速』発動」

倉野は再びスキル『神速』で世界の時を止めた。

自分以外が止まった時間の中で、倉野は改めてイルシュナ軍を確認する。

そしてイルシュナ軍全員の持っている武器を叩き落としていく。

剣、槍、弓。

様々な武器を順番に叩き落とし無力化していく。

「……四千五百六十一……四千五百六十二……これで終わりか」

数字を口にしながら、倉野はイルシュナ軍全員の武器を叩き落とした。

その数、四千五百六十二人。

倉野の体感時間はとてつもなく長かったが、実際の時間は一秒にも満たない。

次に、この軍の中で最も立場が高い者を探した。

馬型の魔物に乗っていて、豪華な装飾が施された防具を装備していて、軍の中心にいる者。

倉野にはそれぐらいしか地位の高い者の条件はわからない。

しかしその条件を満たす者はある程度の地位にいる者だろう。

倉野はその条件を満たした男を一人決めて連れ出し、イルシュナ軍の前に立った。

「スキル『神速』解除！」

そう唱えた倉野は、ここが最後の壁だ、と深呼吸をする。

倉野が空気を吐き出したと同時に、世界の時は動き出した。


いきなり武器を叩き落とされた感覚を受けたイルシュナ軍の兵士たち。

衝撃と驚きで全員足を止める。

そして、何が起きたのか、と口々に言い合った。

さらに自分たちの上官が素性の知れない男に捕らえられていることに気づく。

「将軍!!　ジェイド様！」

イルシュナ軍の兵士は倉野が捕らえた立場が高いだろう男をそう呼んだ。

ジェイド、という名の将軍らしい。

捕まえているといっても捕縛しているわけでもなく、倉野はそのジェイドを隣に立たせているだけだ。

ジェイドはすぐさま逃れようと倉野に殴りかかった。

「貴様ぁ！　何をした！」

そう叫びながら殴りかかってくるジェイドの拳を掴み倉野は話しかける。

「落ち着いてください。ビスタ軍はもう止まりました。少しだけ僕の話を聞いてください」

「ふざけるなっ！」

倉野の言葉にジェイドは聞く耳を持たない。

そのまま掴まれている右手を引きながら倉野を全力で蹴り上げた。

しかし「体術」スキルを持っている倉野にこの程度の攻撃は当たらない。

倉野は左手でジェイドの蹴りを受け止めた。

右手と左足を掴まれジェイドは攻撃するすべを失う。

その瞬間を狙って倉野は再びジェイドに話しかけた。

「待ってください！　この戦争は仕組まれているんです！」

倉野がそう言うと、ジェイドは鼻で笑い飛ばす。

「ああ、仕組まれているさ、獣人どもにな！」

「違うんです！」

倉野は強く言い返した。

こうしている間にも、イルシュナ軍の兵士たちは武器を拾っている。もう少し冷静になれば、ビスタ軍の獣人たちに攻撃を仕掛けるだろう。

そうなってしまえば獣人たちも反撃せざるをえなくなる。

倉野がそう考えていると、ジェイドはイルシュナ軍の兵士たちに号令をかけた。

「何をしている！　全軍歩を止めるな！」

ジェイドの号令が飛ぶと、イルシュナの兵士たちは慌てて武器を拾い、再びビスタ軍に向かう。

このままでは動きを止めているビスタ軍まで再始動しかねない。

だが、ここまではおおよそ倉野の予想通りだった。

「わかってますよ。一回で話を聞いてもらえると思ってませんよ。スキル『神速』発動」

倉野は再びスキル『神速』を発動する。

そしてもう一度イルシュナ軍全員の武器を叩き落として回った。

言葉で言うのは簡単だが、その数四千五百六十二人。

四千と五百と六十と二だ。

単純作業とはいえ気が遠くなる。

そうして再びすべての武器を叩き落とした倉野はジェイドの前に立ち、スキル『神速』を解除した。

「何をしている！」

またも全員が武器を落としたことにジェイドは激怒する。

全員が武器を落とすという状況に違和感を覚えてもいいような気がするが、とにかく兵士たちが武器を拾うまでは時間を稼げた。

倉野は急いでジェイドに話しかける。

「この戦争は白の創世が仕組んだものなんです！」

「白の創世だと？　馬鹿馬鹿しい！」

ジェイドは怒りに任せて倉野にそう言い返した。

倉野は白の創世の正体を知っているが、他の人間にとって白の創世は世界中で慈善活動をする宗教集団である。

そうだと言われてもすぐに信じられるわけがなかった。

「一度しっかり話を聞いてください！」

倉野がそう叫んでもジェイドには届かない。

「どけぇ！」

ジェイドはそう言って再び倉野に殴りかかる。

倉野の頭に全員を叩き伏せれば簡単だ、という考えが浮かんだ。

そもそも倉野はこの世界の人間ではないのだから、恨みを買っても問題はない。

無理やり叩き伏せ、納得させる方法もある。

そんなことを考えながらも、倉野は殴りかかってきたジェイドの拳を掴んだ。

「無理やり叩き伏せたら遺恨が残る。人間側が納得して引かない限り本当の終わりにはならないんだ」

倉野は自分に言い聞かせるように呟く。

レオポルトは誰一人血を流させないために、自ら血を流した。

そんなレオポルトの想いを無駄にするわけにはいかない。

「貴様！　何をぶつぶつと言っている！　そこをどけ！」

ジェイドはそう怒鳴りつけ、倉野に左手を向けた。

敵が素手を向けてきた場合、それは魔法を放とうとしていると、倉野は先ほどのゼロとの戦いで学んでいる。

ジェイドの左手を蹴り上げ、強制的に空を狙わせた。

「くっ！」

ジェイドは悔しそうな表情をして、魔法を中断する。

そして生まれた隙を狙い、倉野は手のひらをジェイドの喉元に突きつけた。

魔法を使うことができない倉野が手のひらを向けても意味はないが、この世界では魔法が使えるのは当然である。

手のひらを突きつけられるということは、魔法をかけられるということ。

ジェイドは倉野に生殺与奪の権を握られたと勘違いし、動きを止めた。

「貴様、それでわが軍の動きを止めたつもりか。私が死んでも兵士たちは戦うことをやめんぞ」

「わかってますよ。だから話を聞いてください。僕はジェイドさん、あなたも傷つけたくない」

倉野がそう言うと、ジェイドは不思議そうな顔をする。

「これは戦争だぞ、何、甘いことを言っている。やるかやられるか、敵を倒すか、敵に倒されるか、だ」

ジェイドにそう言い返された倉野はまなざしを強くした。

「戦う相手が違うと言っているんです」

このような状況でも倉野が戦意を見せないことにジェイドは戸惑う。

この男が言っていることは嘘や冗談ではないのか、と。

「……証拠はあるのか」

「彼の話を聞いてください！」

倉野はそう言ってロッドを指さした。

ロッドをちらりと見ながらジェイドは倉野に尋ねる。

「彼は誰だ」

これを待っていた、と倉野は心の中でガッツポーズをした。

ロッドを冷静に紹介できる状態にさえ持っていければちゃんと説明することができる。

四千五百六十二人の武器を二回ずつ叩き落として得たチャンスだった。

「彼はミーナ・グレイの従者、ロッドさんです。行方不明になっていたこの件の被害者の一人。そして唯一の目撃者です」

ジェイドは改めてロッドの顔を観察した。

「それは本当か？」

冷静さを取り戻しジェイドはそう尋ねる。

ジェイドから敵意が消えたことを察した倉野は、突きつけていた手を下ろした。

「本当です。彼の話を聞いてください。お願いします」

「このような状況で嘘はつかん……か」

ジェイドはそう言って大きく息を吸い込む。

そして全力で吐き出した。

「イルシュナ軍！　全員その場で待機！」

ジェイドに待機を命じられたイルシュナ軍は騒然とし始めたが、しばらくすると静かになり、動きを止めた。

ジェイドが命じてイルシュナ軍が動きを止めるということは、彼がこの軍の指揮権を持っているということだろう。

彼を選んだことは倉野の運がよかったと言えるが、とにかく話し合う時間を設けることに成功した。

ジェイドは自軍に待機を命じ、ロッドに近づく。

「貴殿がロッド・プリッツか？」

ジェイドがそう尋ねると、ロッドは怯えながら頷いた。

状況を見ていたとはいえ、いきなり数千人の前に引き出されたのだから怯えるのも無理はない。

ジェイドがロッドに話しかけている隙に、倉野はレオポルトのほうを見た。

すると、獣人の軍列の中から白い虎の獣人、ワイティーノが出てきた。

ワイティーノは倉野に気づくと、こっちはいいからそっちをなんとかしろ、というようにジェイドを指さした。

レオポルトの怪我のほうは任せても問題ないだろう。

再びジェイドに意識を戻す。

ジェイドはロッドに事件のあらましを確認していた。

「では貴殿はミーナ・グレイの従者として殺害現場を目撃した、ということで間違いないな？」

「はい……」

ロッドは弱々しくそう答える。

まるで取調室の刑事と犯人のようだ。

ロッドは明らかにジェイドの迫力に負けている。

ジェイドは質問を続けた。

「そして貴殿もそこで重傷を負った、と」

「はい……発見され回復魔法でなんとか生きていたんですが」

そう言ってロッドは自分の傷痕を見せる。

ジェイドは傷痕を見ながら頷いた。

どうやらここまでは納得してくれている様子だ。

「私の記憶によると貴殿はミーナ・グレイ殺害の犯人を獣人だと証言していたはずだ。その証言が今回の戦争の始まりだろう」

ジェイドがそう言うとロッドは一度頷く。

するとジェイドは倉野に詰め寄った。

「ロッド・プリッツ氏も犯人は獣人と証言しているぞ。これでは何も変わらんではないか」

倉野は首を横に振る。

「違うんです。もう少し聞いてください。ロッドさん、そのとき他に何か見ていませんか？」

「他に……あ、犯人は白いローブをかぶっていたんです」

ロッドがそう答えるとジェイドは鼻で笑った。

「ふん。それでは証拠にならん。確かに白の創世の者は白い服を着ているが、白い服を着ている者がすべて白の創世ではない」

確かにそれはそうだ。

だが、ロッドは続ける。

「そのローブに黄色の薔薇が刺繍(ししゅう)されていたんです」

白の創世のメンバーは白い服のどこかに黄色い薔薇の刺繍を入れている、というのは誰もが知っている話だ。

ロッドの話を聞いて、ジェイドは少し考えてから口を開く。

「そのような証言は聞いていない。なぜ最初から証言しなかった？」

「目の前でお嬢様を殺害され、私自身も襲撃された直後だったんです……」

「記憶が曖昧だった、ということか？」

ロッドの話を聞き、ジェイドはそうまとめた。

ロッドの話が本当ならば白の創世が犯人であった可能性は高くなる、とジェイドは考えたようだ。

「なぜ今頃になってそのことを思い出したのだ？」

「……私が証言した直後、行方不明になったのはご存じですか？」

ロッドが問いかけると、ジェイドは頷いた。

「報告は受けている。ビスタ国側が証拠隠滅（いんめつ）のために連れ去った、とされていたが」

「いえ、違うんです。私は……私はイルシュナ国内にいたんです」

「何？」

ジェイドは驚く。

唯一の証人であるロッドの証言が、イルシュナ側の認識と大きくずれているのだ。

ジェイドは改めてロッドに問いかけた。

「では、ロッド・プリッツ。貴殿はイルシュナ国内のどこにいたというのだ」

「私は……白の創世イルシュナ支部に捕らわれていたのです。そのときに、黄色い薔薇の刺繍を目撃したことを思い出しました……」

ロッドの新たな証言を聞き、ジェイドは頭を抱える。

「この話が本当だとすれば、ビスタ国ではなく白の創世が証拠隠滅のために貴殿を連れ去ったということか」

ジェイドの出した答えに、ロッドと倉野は同時に頷いた。

しばらく考えていたジェイドは冷静に倉野に話す。

「ロッド・プリッツ氏の証言はわかった。だが、私が納得したとて戦争は避けられん。私より上の者……いや、グレイ商会を納得させなければ止まらんぞ。まだほかに証拠はあるか？　決定的な証拠だ」

倉野は頷き、答える。

「主犯の男を連れてきます」

倉野はそう言って、即座にスキル『神速』を発動した。

時間を止め、倉野がすべきことは、倒してその場に放置していたゼロをこの場に連れてくることである。

ゼロを連れてきたら、彼の命を奪うことになるかもしれない。

しかし、これだけのことをしでかしたのだからゼロは罪を償うべきだ、と自分に言い聞かせ、倉野は地面を蹴った。

再びジェストを通過し壁を越え、草原を走り抜ける。

すると白の創世イルシュナ支部が見えた。

教会の前では、何人かの男がゼロを運ぼうとしていた。

「あれは、教会の中にいた人たちか」

ゼロを運ぼうとしている男たちは、教会の中で待機していた者であった。

外の様子を確認してゼロが倒れているのに気づき、そして今、中に運び入れようとしているといったところだろうか。

「最初からゼロを連れていけばよかったなぁ。でも、あのときは三人は抱えきれなかったから」

倉野はそう呟きながら、ゼロの周りにいる男たちを順番に蹴り上げていく。

全員に気絶する程度の攻撃を放ち、倉野はゼロを抱えた。

「よし、あとはゼロを引き渡すだけだ」

そう呟き倉野は再び戦場へ走る。

倉野は走った。

ゼロを抱え、レオポルトのもとに。

ジェイドのもとに。

ロッドのもとに。

倉野はまさにメロスになったような気分で走っていた。

「セリヌンティウスはいないけどね」

自分で自分にコメントしながら倉野は走り続け、壁を越えジェストを通り抜ける。

さらに戦場へ続く道を走り、倉野はジェイドの前にたどり着いた。

倉野は何度フルマラソンをしているのか、というほど走っているのだが、『疲労軽減』スキルのおかげでなんとか走りきった。

だが、満身創痍なことに変わりはない。

肩で息をしながら倉野はジェイドの前に立ち、ゼロを差し出したところでスキル『神速』を解除した。

「はぁ……はぁ……スキル『神速』、解除」

いきなり目の前に銀髪の男が現れたように見えたジェイドは声を出して驚く。

「うわ！　なんだ？」

ジェイドからすれば、倉野が主犯を連れてくると宣言した直後、男が目の前に現れたのだから驚くのも無理はない。

倉野は疲労を隠しきれずに、ゼロを差し出した。

「この男が主犯です」

倉野との戦いで意識を失ったままのゼロの身柄を、ジェイドは受け取る。

「この男が主犯だと？　そもそもどうやって一瞬で出現させたんだ。収納魔法か？」

ジェイドに問われた倉野は、スキルのことを説明すると余計ややこしくなるので、曖昧な返事をした。

「はい、まぁ、そんな感じです。それで、このゼロという男が白の創世の関係者で、この戦争を引き起こそうとした主犯なんです」

倉野がそう伝えると、ジェイドは気を失っているゼロをまじまじと眺める。

「この男が、か？」

ジェイドがそう言うと、ロッドがいきなり声をあげた。

「この男！」

だしぬけに響いた大声に倉野もジェイドも驚き、体を揺らす。

「この男ですよ！　私を地下牢に閉じ込めたのは！」

ロッドはそう言ってゼロを指さした。

倉野にはわかっていたことだが、やはりゼロが主犯で間違いないようだ。

ロッドの証言を受けて、ジェイドは改めて倉野に問う。

「この事件のあらましを説明してくれぬか？」

倉野は自分の知っている事件の内容を話した。

白の創世の狙いは、イルシュナとビスタの間に戦争を起こすこと。

戦争を起こし、イルシュナにビスタを支配させる。

そしてイルシュナを操り、ビスタをも支配するのが最終的な目的だった。

そのために白の創世は獣人の仕業に見せかけ、ミーナ・グレイを殺害した。

イルシュナにおいて絶対的な力を持っているグレイ商会会長の娘を殺すことで、その怒りはビスタに向けられる。

グレイ商会はイルシュナ国軍を動かすだろうと予測したのだ。

さらに白の創世は、ビスタも焚きつけようとジェストの役人を殺害し、それをイルシュナ軍の犯行に見せかける。

こうしてお互いに憎み合ったイルシュナとビスタは今戦争を始めようとしているのだった。

倉野の話を聞き、ジェイドは納得したように息を吐いた。

戦場のど真ん中に立ち、命懸けで嘘をつく者などいないだろう、とジェイドは倉野の話をおおむね信じていた。

証人もいて、主犯も捕らえられている。話の筋も通っている。

ジェイドはさっきから考えていたことを聞くことにした。

「この話が真実だとして、なぜ貴殿は真相を暴くことができたんだ？」

ここまで話を信じてくれるなら、スキルについて話しても問題ないだろう、と倉野は説明し始めた。

「僕のスキルなんですけど、知りたいことがなんでもわかるんです」

「なんでも？」

ジェイドは首を傾げる。

スキル『説明』を説明すると必ずこういう反応をされる。

それだけ珍しいスキルなのか、と倉野は発動して見せることにした。

「スキル『説明』発動。対象はジェイド将軍」

「何？　私だと？」

ジェイドはやや身構えたが、倉野の目の前に説明画面が表示されるとおそるおそる覗き込む。


【ジェイド将軍】

本名はジェイド・ブライト。四十二歳男性。イルシュナ国の軍に所属している陸軍大将。食品輸出業を営むブライト家の次男である。長男であるエージ・ブライトがブライト家を継いだために軍に入隊した。若くして陸軍大将まで上り詰めたのはブライト家という後ろ盾があったからだけではなく、本人が戦場で数々の功績を残したためである。


倉野がそれを読み上げると、ジェイドは納得したように頷いた。

「正確な情報だ……つまり、必要な情報が的確に手に入るということか……とんでもないスキルだな」

「そして、このゼロも同じスキルを持っています」

倉野がそう告げると、ジェイドは驚きゼロを眺める。

「こいつが、か？」

「はい。ゼロはその能力を利用して戦争を起こすために何をすればいいか、をスキルで探り実行していました。イルシュナ軍とビスタ軍の動向をいつでも確認できるんです、戦争を煽動するには適した能力かもしれません」

「戦争を煽動する以外にも、何にでも使えるんじゃないのか、そのスキル」

ジェイドはそう言いながら拳をぐっと握った。

「つまり我々はこの男に踊らされ戦争を始めようとしていたのか。我々だけではない、ビスタ国もだ……」

「はい……」

口惜しさと怒りで震えているジェイドに、倉野はなんと声をかけていいかわからなかった。

だが、ジェイドはすぐに冷静になり倉野に話しかける。

「貴殿、えー……」

「あ、倉野です」

「そうか、クラノ殿。ビスタ国側の代表と話をしたいのだが、可能か？」

倉野は大きく頷いた。

「はい！　少し待っていてください」

倉野はすぐにレオポルトのもとへ走る。

「レオポルトさん！」

レオポルトは先ほどビスタ軍を止めるために、あえて刃を受けた。

レオポルトが血を流すことでビスタ軍は止まったのだが、レオポルトはその場に倒れた。

しかし、白い虎の獣人ワイティーノが現れ、レオポルトの治療を行ったようだ。

ワイティーノの治療のおかげでレオポルトはかろうじて立ち上がった。

「止めたか、クラノ」

レオポルトは微笑みながら倉野を迎える。

倉野はレオポルトに歩み寄り、頷いた。

「一時停止って感じです。これからの話次第ですね……」

倉野がそう言うと、レオポルトは口角を上げる。

「問題ない。イルシュナ側が動きを止めたということは、もはや戦争は起こらん。戦争するつもりならば話なぞ聞かんさ」

レオポルトはそう言ってワイティーノの肩に掴まった。

「さぁ、行こうクラノ、ワイティーノ」

レオポルトはワイティーノの肩に掴まりながらジェイドに近づく。

倉野が肩を貸しても良いのだが、体格差がありすぎてスキルを発動しないと支えられないだろう。

ジェイドのそばまで来るとレオポルトは一人で立ち、背筋を伸ばし名乗った。

「レオポルト・バッセルである。ビスタ国の外交官だ」

「ジェイド・ブライト。イルシュナ陸軍大将だ」

「ワイティーノ・パラガス。ビスタ国陸軍大将である」

互いに挨拶を済ませると、ジェイドはレオポルトに話しかける。

「こちらのクラノ殿から話は聞いている。そちらもすでに知っておられるのか?」

レオポルトは頷いた。

「ああ、クラノと行動を共にしていたのでな」

「そうか……策略に踊らされる我ら人間は愚かに映ったであろうな」

どうして、こうもめんどくさいやりとりをしなければならないのだ、と倉野は呆れた。

——ごめん間違えちゃった。

——こっちも間違えてたっす。

——おけおけ、解散。

で良くないか、と心の中で呟く。

だが、彼らは国の代表として話しているのだから、隙を見せるわけにはいかないのだろう。

レオポルトは重々しく首を横に振った。

「ビスタもすべてを知っていたわけではない。我が国の陸軍大将ワイティーノも先ほど知ったばかりだ。ビスタも策略に乗せられていたというわけだ」

レオポルトがそう言うと、ワイティーノはわずかに表情を曇らせる。

「そのようなこと言わなくてもよいではないか、レオポルト。せっかく人間よりも優位に立てるというのに」

ワイティーノが小声でそう言うと、レオポルトは喉の奥で笑った。

「どちらが上という話になれば、やはり戦争になってしまう。戦争を止めるなら現状維持を貫かねばならん。だが、ビスタもイルシュナもここで止まることができたのだ。ジェイド殿、どうだろうか、このまま引くことはできんか？」

レオポルトの提案をジェイドはしばらく考えた。

ジェイドは四千五百以上の兵だけではなく、イルシュナを代表しているのだから簡単に答えは出せない。

しばらく黙っていたジェイドが、ようやく重い口を開いた。

「ビスタはこのまま撤退することができるのか？」

ここまできて相手の出方を見るのか、と思ったが、国を背負っている以上風下には立てないということなのか。

ジェイドの言葉を聞いて、ワイティーノは頷いた。

「ビスタとしては避けられるならば戦争は避けたい。疲弊するだけだからな。望まぬ戦争であった」

これがワイティーノの本心であり、ビスタの総意だ。

そもそもこの戦争は、イルシュナにビスタを蹂躪させ支配するように白の創世が仕向けたものである。

ビスタは防衛のための戦いであったのだから、回避できるならばそれが最善だ。

ワイティーノの答えを聞いたジェイドは頷いた。

「わかった。この場で正式な返答はできんが、一度我らは退こう。だが我らはジェストを占領している。まだ話さねばならん問題は多いが、正式な調停の場を設けることでこの場は収めてよいか？」

ジェイドがそう言うと、レオポルトはようやく表情を緩め、微笑んだ。

「構わん。ほら、見てみろ、ワシは満身創痍だぞ。腹に風穴があいたんだ」

「もう塞がっておろうが」

レオポルトの言葉にワイティーノはそう返す。

まだ、イルシュナとビスタの間で解決しなければならない問題は多い。だが、戦争を回避するという目標は達成したのだった。

ジェイドはゼロの身柄を馬型の魔物に乗せる。

そして、改めてレオポルトに歩み寄った。

「正式な話はまた後日だ。とにかく私はこの話を持ち帰る。ミーナ・グレイ殺害については一度白紙に戻すことを約束しよう」

ジェイドはそう言って軍列に戻り、イルシュナ軍を撤退させた。

その姿を見送りながらレオポルトは倉野の背を叩いた。

「やりきったのうクラノ。長い一晩だったわい」

「ええ、ほんと、良かっ……あれ？」

そう返事をしようとした倉野の目の前が揺れた。

そしてそのまま体勢を崩し、地面に倒れ込んだ。

「クラノ！　大丈夫か」

レオポルトは慌てて倉野に声をかける。

「なんか、安心し……」

安心したら力が抜けた、と言おうとしたのだが、途中から声が出なくなった。

体力の使いすぎか、スキルの使いすぎか。

どちらにせよ限界を超えていたことに間違いない。

ゆっくりと視界が狭まっていき、倉野は眠るように気を失った。

◇

倉野の名を呼ぶレオポルトの声が、倉野の頭の中で響く。

頭の上で物音が聞こえる。

ごそごそと何かを動かすような音だ。

倉野はその物音が何なのかを考えていた。

布を水につけるような音がして、それを絞っているように聞こえる。

窓掃除でもするのだろうか、と想像したところで、倉野は我に返った。

そうだ、レオポルトと一緒に戦争を止めるために戦っていたんだ、と。

そう思い出し、倉野は勢いよく起き上がった。

倉野はどこかの部屋のベッドで寝ていたらしい。

「戦争は!?」

倉野が声をあげながら起き上がると、そこにいたニャルと目が合う。

ニャルはタオルのようなもので倉野の汗を拭こうとしていたらしく、その顔はすぐそばにあった。

「お、おはようございます」

ニャルは唇が触れそうな距離に照れながら挨拶をする。

起きてすぐに美少女の顔があったものだから、倉野も頬を赤らめた。

「お、おはようございます……じゃなくて、戦争は？」

倉野が問いかけると、ニャルは微笑んだ。

「ふふふ、大丈夫ですよ。クラノさんが止めてくださったんですよ」

ニャルの言葉で、倉野はやっと倒れる前の状況を思い出す。

イルシュナ国陸軍大将のジェイドとビスタ国外交官のレオポルトが話をし、互いに撤退することになった。

戦争は回避されたのだ。

「えっと、はい、そうでした」

照れながら倉野はそう言葉を返す。

そうして倉野は周囲を見渡した。

「あの、ここは……？」

「ここはチェリコの宿ですよ。覚えてますか？　ほら、役所の隣の」

ニャルにそう言われ、最初にチェリコに着いたときを思い出す。

宿泊予定だったが、戦争を止めることになったために結局、宿泊できなかった宿だ。

そこで、倉野は忘れてはならない存在を思い出した。

「ツクネ！　ツクネは!?」

倉野がニャルに聞くと、ベッドの下からツクネが飛び出してくる。

「クー！」

「あ、ツクネ。よかった、そこにいたのか」

倉野がほっとしてツクネを抱きかかえると、ツクネは倉野の頬を嬉しそうに舐めた。

倉野が目を細めながらツクネを撫でていると、ニャルが話しかけてきた。

「そういえばクラノさん。ツクネちゃんを鞄に入れたまま危険なことしてませんか？」

「あ、いえ、危険というか。僕のそばが一番安全かと思って」

「そうかもしれないですけど……クラノさんも危なかったって聞きましたよ」

確かに、倉野は自分のそばが最も安全だと思っていたが、今回の件では想像以上に苦戦し、危険な状況もあったのだ。

倉野は反省し、ツクネに謝る。

「ごめんなツクネ、大丈夫だったか？」

「クー？」

ツクネは首を傾げて鳴いた。

倉野はツクネを撫でながら、そういえば、とニャルに話しかける。

「そういえば、レオポルトさんは？」

ニャルは倉野に濡れタオルを渡しながら答えた。

「今日、イルシュナとの話し合いみたいなものが行われるというので、ジェストに向かってますよ」

「え、今日ですか？　……というか僕はどれくらい眠っていたんでしょう？」

「三日ですよ？」

ニャルがそう答えると、倉野は濡れタオルを取り落とした。

「み、三日ですか⁉」

思ったよりも時間が経過していたようだ。

せいぜい一日くらいかと思っていた。

「ずっと心配してたんです。でも、医師の方が言うには、疲労が溜まって眠っているだけだからそのうちに目を覚ます、と。だから毎日様子を見ながら待ってたんです」

それを聞いた倉野は、うっかりニャルにときめきそうになった。

濡れタオルを持っていたことを考えると、ニャルが身の回りの世話をしてくれたのだろう。

なんていい子なんだ、と倉野は感動した。

「もう大丈夫そうですか？」

ニャルは改めて倉野に聞いた。

倉野は自分の体を確かめた。

多少だるさは残っているが、他に異常は感じられない。

「大丈夫そうです」

倉野はそう返答し、先ほどの濡れタオルで顔を拭いた。

寝汗の不快感がなくなり、一気に目が覚める。

しっかりと目覚めた倉野は、レオポルトはいつ戻ってくるのか、と尋ねた。

するとニャルは、わずかに首を傾げ、「わかんないです」と言って笑った。

「そうだよなぁ。戦争が起こりかけたあとの正式な会談なんだから、話すこと多いですよね」

倉野はそう言ってため息をついた。

ゼロの処罰と白の創世の処分。

壁を破壊し、ジェストを占領したことへの賠償。

グレイ商会への対応。

お互いの国の今後の関係。

少し考えただけで、決めるのが簡単ではない議題がいくらでも浮かんでくる。

レオポルトがいつ戻るか、なんて想像もつかないだろう。

そんなことを考えていると、倉野は力が抜けてしまい、再びベッドに倒れ込んでしまった。

ニャルとツクネは倉野を心配する。

「だ、大丈夫ですか？　どうしたんですか？」

「ククッ！」

倉野は苦笑いを浮かべる。

「お、お腹が空いてしまって」

その答えを聞き、ニャルは元気な笑顔を見せた。

「そりゃそうですよね。三日食べてないんですから。今何か持ってきますね」

ニャルはそう言って部屋から出る。

ツクネは、自分がいつも入っている鞄に頭を突っ込みごそごそしていた。

しばらくして出てきたツクネは干し肉を咥（くわ）えている。

「ククッ」

「なんだ、僕にくれるのか？　ありがとう、ツクネ」

おそらくツクネが自分のおやつに、と隠していたのだろう。

ツクネの優しさに、倉野はなんだか泣きそうになってしまう。

子供の成長を感じたような気分だった。

ツクネが隠していた干し肉は、鞄の中に入っていたために若干獣臭（けものしゅう）がした。

だが、これはツクネの優しさだと思うとその臭（にお）いすら愛おしかった。

「美味しいよ、ありがとうツクネ」

そう言いながら干し肉を噛み進めていると、ニャルがパンとスープを持って部屋に入ってくる。

「いきなり重いものを食べると、お腹がびっくりしちゃうのでパンとスープにしましょうね……って干し肉食べてるじゃないですか」

「ツクネがくれたんです」

「ツクネちゃんが残してたものをもらったんですか？」

ニャルはそう言って笑った。

確かに改めて考えると、三日間眠っていて起きた直後にペットの残り物をもらうというのは面白い状況かもしれない。

「美味しいですよ？」

倉野がそう言い返すと、ニャルは笑顔のままパンとスープを渡してくれた。

「こっちも食べてくださいね？　私がここの食堂を借りて作ったスープですから」

ニャルにもらったスープは、コンソメのような香りがしていた。

起きてすぐ食べるものなので胃に負担をかけないように具は入っていない。ニャルの心遣いだろう。

倉野は感謝しながら素早く食べ、ベッドから立ち上がった。

「ああ、美味しかった。本当にありがとうございます、ニャルさん」

倉野がお礼を言うとニャルは微笑み返す。

「ふふふ。いえいえ、大したものではないですが、喜んでもらえてよかったです。あ、そういえばクラノさんが起きたら読んでほしいってお父さんから手紙を預かってたんです」

「レオポルトさんから？」

「はい、ちょっと待っててくださいね」

ニャルはそう言って一枚の紙を取り出した。
その手紙にはこう書いてあった。

クラノ。ワシはイルシュナでの会談に行く。
このような状況であるため、フェレッタの情報を探せないことを許してくれ。
お前さんは間違いなくこの国を救った英雄だ。
国として勲章を授与するか、という話があったが、ワシが勝手に断っておいた。
お前さんの状況を考えたら目立つのは得策ではないだろうからな。
勲章をもらったら、名が知れ渡り、お前さんの正体を探ろうとする者も現れるだろう。
白の創世に、今回の件を邪魔したのはクラノだと教えることにもなる。
今回の件は、イルシュナとビスタの上の者だけで処理することになるだろう。
ワシがいつ戻るかは現時点では見当もつかない。
旅立つのであれば、ジェストからイルシュナに入れるよう手配しておく。
いつでも好きなときに旅立つがいい。
最後になったが、本当に感謝している。
人種は違えど、お前さんはワシの友だ。
必要なときにはワシの名前を出していい。獣人にならある程度通じるだろう。

手紙はそう締めくくられていた。

ニャルは手紙を読み終え、倉野に渡す。

「これはクラノさんが持っててください」

倉野は頷きながら手紙を受け取った。

レオポルトの気遣いで、倉野の名前は表に出ないようになっている。

ならば今まで通り旅を続けることはできるだろう。

しかし、ビスタ国へ来た目的であるフェレッタの生息地へ行くことはできなくなったようだ。

「そうだよなぁ。こんな状況でフェレッタの生息地なんて探してもらえないよね。仕方ない」

倉野はそう呟いた。

フェレッタの生息地はビスタ国にあるのだが、レオポルトの話とスキル『説明』で得た情報を総合すると、その場所は獣人によって秘密裏に管理されている。

レオポルトのコネクションがなければたどり着くことはできないだろう。

「ごめんな、ツクネ。お前の仲間に会わせてやりたかったんだけど」

倉野がそう言いながら撫でると、ツクネは嬉しそうに倉野に顔をこすりつけた。

「クークー」

倉野がツクネを想う気持ちを感じ取ったのだろうか。

ツクネは倉野にくっつき、嬉しそうに鳴いている。

倉野は三日も寝ていて、体がなまっていた。

身支度を整え、とりあえず街に出たい、とニャルに言った。

「お散歩ですか？　いいですね。私も一緒に行きたいです」

ニャルはそう言って手を上げる。

「じゃあ、一緒に行きましょう」

倉野はそう言って、少し伸びをした。

体が伸び、血液が体中を巡っていくのが実感できる。

ニャルもお出かけの準備をすると言って部屋を出て、小さな鞄を持って戻ってきた。

倉野はツクネを鞄に入れ、肩にかけ、ニャルと共に宿を出る。


自分ではそれほど時間が経過したと思っていなかったが、三日ぶりに浴びる太陽はやはり気持ちがいい。

宿を出てすぐに倉野はもう一度大きく伸びをした。

「あー、太陽が気持ちいいですね」

「そうですね。今日はお散歩日和（びより）ですよ」

ニャルはそう言って微笑む。

ビスタは倉野にとって比較的暑いのだが、今日はところどころに雲があり、過ごしやすい天気だ。快晴よりも散歩に適していると言えるだろう。

「どこに行きましょうか？」

ニャルは倉野の顔を覗き込んでそう言う。

倉野は少し考えて、思いついた場所を提案した。

「この先の広場に行きませんか？　この間行ったとき閉まってたじゃないですか。リベンジということで」

「いいですね！　あのときいい匂いしてましたもん、クラノさん。何を食べてたんですか？」

「えっと、なんか丸焼きみたいなものです。これくらいの」

倉野はそう言いながら、先日広場で食べたトカゲのようなものの形を手で表す。

トカゲの丸焼き、と言っても伝わるかどうかわからないので、これが最もわかりやすいはずだ。

倉野のジェスチャーを見てニャルは、なるほど、というような顔をした。

「わかった！　プチワイバーンですね。美味しいんですよね、あれ」

ニャルはそう言って微笑んだ。

こちらの世界ではワイバーンは鶏肉のようなポジションなのだろうか、と倉野は考える。

それから倉野とニャルは広場へ移動した。

先日の広場まで来ると、食欲を刺激する香りが漂っていた。

やはりここは食べ物の屋台が集まる場所になっているようだ。

「さっき食べたばかりなのに、お腹が空いちゃいますよ。この匂い」

倉野はそう言ってニャルに微笑みかけた。

ニャルは頷きながら自分のお腹をさする。

「私はまだご飯を食べてないので、お腹が鳴りそうです。あ、あそこにプチワイバーンがありますよ」

ニャルはそう言って一つの屋台を指さした。

その屋台は先日、ハルナという少女と出会ったときの屋台である。

その屋台の鍋の中身がハルナにぶちまけられそうになっていたところを倉野が間一髪で救ったのだ。

その屋台の猫獣人は倉野に気づくと駆け寄ってきた。

「この間のお兄さんだにゃ！　また来てくれたのかにゃ」

嬉しそうに耳をパタパタとさせながら猫獣人は言った。

倉野は照れくさそうに微笑む。

「この間もらった食べ物が美味しくてまた来ちゃいました。プチワイバーンっていうんですね」

「はいですにゃ。良かったらまた食べていってほしいですにゃ」

猫獣人はそう言って屋台へ二人を案内し、プチワイバーンの丸焼きを手渡した。

相変わらずトカゲの丸焼きのように見えるが、その香りは焼き鳥そのものである。

「どうぞですにゃ。彼女さんも、食べてほしいにゃ」

「か、彼女って、私はその、彼女では……嫌ではないですが」

ニャルは赤面しながらそう答えた。

「そうにゃんですか？　てっきり、そうかと」

「そ、そういえば、この間もここで食べたんですか？　クラノさん」

照れ隠しなのだろうか、ニャルは慌てて倉野にそう問いかける。

倉野は先日のことを思い出しながら軽く頷く。

「そうなんですよ。美味しいですよ、これ」

倉野がプチワイバーンに齧りつきながら答えると、屋台の猫獣人が割り込むように口を開いた。

「うちの屋台の鍋が倒れちゃったんですが、その先に少女がいたんですにゃ。このままだと大火傷ってときにお兄さんが少女を助けてくれたのにゃ」

「クラノさんはどこでも人助けしちゃうんですね」

ニャルはそう言って微笑む。

自分のしたことを偉業のように言われると腹の奥がムズムズするなぁ、と倉野は恥ずかしくなった。

「勝手に体が動いただけですよ」

そう倉野が言い返すと、猫獣人が何かを思い出したように口を開く。

「そうだ、そういえば、あのときのお嬢さんが、彼女のお父さんと一緒に、お兄さんを捜してたんですにゃ」

「ハルナちゃんが僕を？」

猫獣人は大きく頷いた。

「そうですにゃ。お礼を言いたいって言ってたにゃ。でもこの辺じゃ見かけない人間だったって教えると残念そうにしてたにゃ」

猫獣人の話を聞いていると、何かが倉野の足に抱きついてきた。

驚いて足元を見ると、ちょうど話していた少女がいた。

「ハルナちゃんじゃないか」

「おにーさん、やっと見つけた」

ハルナは太陽のような笑顔で倉野を見上げていた。

3

「こら、ハルナ。いきなり飛びついたら失礼だろう」

ハルナの後ろに立っていた男性が窘めるように言う。

ハルナによく似た顔立ちの男性は先ほど屋台の猫獣人が言っていた父親だろうか。倉野は軽く会釈をした。

「あ、どうも」

「あなたが先日ハルナを救ってくださった方ですか。私、トマス・キレットと申します」

「えっと、倉野です。救っただなんてそんな」

倉野はそう言って首を横に振る。

しかしトマスは倉野の手を握り、頭を下げた。

「本当にありがとうございました。少し目を離した隙にハルナが迷子になっていまして……見つけたときに助けてもらったと聞いたんです。すぐにあなたを捜したのですが、どこの誰かもわからず、この広場で待っていたんです」

その言葉から溢れんばかりの感謝が伝わる。

娘であるハルナを心から愛し大切に思っているからこそ、倉野に感謝する気持ちが大きいのだろう。

その姿を見て倉野はなんだか心の奥が温かくなり、笑みがこぼれた。

「頭を上げてください。特別なことはしてませんよ」

倉野がそう言うと、トマスは頭を上げてハルナを撫でる。

「いえ、私にとってこの子は何よりも大切なんです。この子の恩人は私の恩人です。何かできることがあれば言ってください」

トマスの言葉を聞いてハルナは嬉しそうに微笑んだ。

倉野はしばらく考えて首を横に振った。

「気持ちだけで十分ですよ。ここのお店からこれもいただきましたし」

そう言って食べかけのプチワイバーンを見せる。

それを見たハルナはトマスにねだった。

「おとーさん。ハルナもこれ食べたい」

屋台の猫獣人は即座にプチワイバーンをハルナに手渡す。

「はいですにゃ。お嬢ちゃんも本当にすまなかったにゃ」

ハルナは嬉しそうにそれに齧りつき、丸みを帯びた獣耳をパタパタさせた。

その様子を見ていた倉野に、トマスは食い下がった。

「気持ちだけでは、こちらの気が済みません。宜しければ、我が家でおもてなしをさせてください。そちらのお嬢さんも一緒に」

トマスはそう言ってニャルを指さした。

「私もですか」

首を傾げるニャルにトマスは頷く。

「もちろんです、恩人のお連れ様ですので。いえ、奥方様でしょうか」

トマスが付け足すとニャルは首を横に振り、恥ずかしそうな顔をした。

頭の中にレオポルトの顔が浮かんでしまった。あのレオポルトの娘であるニャルに手を出す勇気はない、と倉野は苦笑する。

「本当に大丈夫ですよ。いきなりお邪魔したら迷惑でしょうし」

倉野がそう答えると、ハルナは再び倉野の足に抱きつく。

「一緒にご飯食べよーよ、おにーさん」

「ぜひ」

トマスももう一度倉野を誘った。

流石に何度も断るのは失礼かと考え、倉野は諦めたように頷く。

「じゃあ、お言葉に甘えます。お邪魔していいですか」

「もちろんです」

倉野の言葉に、ハルナとトマスは喜びをそのまま表情にした。

ハルナの家に行くことが決定し、ニャルはプチワイバーンを食べようとして、ふと手を止める。

「あ、そうだ。ツクネちゃんにも食べさせてあげないと。……寝てますかね」

ニャルは鞄を覗き込んだ。

ツクネは、気持ちよさそうに眠っていたが、覗き込んでいることに気づいたようで、眠そうに顔を出す。

何か用ですか、と言わんばかりの表情をしていたが、プチワイバーンを見つけると目を見開き飛びついた。

「お腹が空いていたんですね」

ツクネを見守りながらニャルが微笑む。

その姿を見て、トマスは顎が外れるんじゃないかと思うほど口を開けて驚愕していた。

「フェ……フェレ、フェレッタじゃないですかっ」

トマスの大きな声に驚き、ツクネはビクッとする。

「あ、大きな声を出して申し訳ない。あまりに驚いたもので……」

そう言ってトマスは頭を下げた。

ツクネはしばらくして動き出し、再びプチワイバーンに噛みつく。

ツクネの様子を見て、倉野はトマスに問いかけた。

「ご存知なんですか？　フェレッタを。知り合いの話では獣人の方もほとんど知らないとのことだったんですが」

トマスは呼吸を整えてこくりと頷く。

「ええ、確かにフェレッタは伝説の生き物だと思っている人もいて、実在することを知らない者も多いです。ですが、私の一族は……」

トマスはそう言って、言いにくそうに言葉に詰まった。

トマスの表情を見ていた倉野は思い出したことがある。

レオポルトが言っていた言葉だ。

――確かにビスタには秘密裏にフェレッタを育成している一族がいるという都市伝説があるが……。

「一族」という単語が、倉野にその記憶を呼び覚まさせたようだ。

あくまで可能性の話ではあるが、と思いながらも倉野は口を開いた。

「もしかして、フェレッタを育成している一族なんですか」

すると、トマスは再び動揺し身を仰け反らせた。

「な、なぜそれを」

推測だったのだけれど、どうやら正解だったようだ。

「フェレッタを育成している一族がいるという話を聞いていたので、もしかしたらと思ったんですが」

「そ、そうだったんですね……誰かに聞かれては困る話なので、続きは我が家でいたしませんか」

トマスが提案し、倉野は了承した。

「わかりました」

確かにレオポルトは、フェレッタを巡って戦争が起きかねない、というようなことを言っていた。

トマスの提案はもっともだろう。

こんなところでできる話ではないのかもしれない。

倉野とニャルは屋台の猫獣人にお礼を言い、トマスに連れられチェリコの住宅街に向かった。

広場から十分ほど歩いたところに住宅街があり、レンガ造りの家がずらっと立ち並んでいる。

その一つがトマスとハルナの家で、トマスに促され中に入った。

「お邪魔します」

そう言いながら中に入ると、やはりどこかハルナに似た女性がダイニングテーブルで編み物をしていた。

状況から察するにハルナの母親だろう。倉野は会釈をする。

「ただいま、おかーさん」

ハルナはそう言って女性に抱きついた。

女性はハルナを抱きしめながら、トマスに尋ねる。

「あら、お客様ですか」

「ああ、捜していた方だよ。ハルナの恩人さ」

トマスが倉野のことをそう紹介すると、女性は慌てて頭を下げた。

「その節はありがとうございました。ハルナの母、アキコ・キレットと申します」

「あ、えっと、倉野です」

「ニャルと申します」

アキコの自己紹介に続いて倉野とニャルも名乗る。

トマスは椅子を用意し、ダイニングテーブルを囲むように倉野とニャルを座らせた。

「クラノさん、先ほどの続きを話してもよろしいでしょうか」

トマスはそう言って、ツクネが入っている倉野の鞄に視線を送る。

「ツクネ、出ておいで」

倉野はそう言ってツクネを呼び出した。

のそのそと出てきたツクネは眠そうにしながら倉野の肩に乗る。

自分にとって一番落ち着くポジションを探すように体をクネクネさせたあと、倉野の首にもたれかかる。

そんなツクネの姿を見てアキコは言葉を失うほど驚いている様子だった。

「まだ幼体のようですね」

トマスは改めてツクネを観察しながらそう言った。

「あなた、これはやはりフェレッタでは」

「ああ、こちらのクラノさんが卵から孵化(ふか)させたそうだ。それについてお話を伺おうと思って、ここまで来ていただいたんだよ」

トマスはアキコに説明する。

そしてトマスは倉野に向き直った。

「フェレッタという魔物は心を読むと言われています。これほどフェレッタを懐かせているクラノさんは清い心の持ち主なのでしょう。ハルナの恩人でもありますしね」

トマスがそう言うとハルナは大きく頷く。

「うん！　おにーさんはいい人だよ」

「ああ、そうだな」

言いながらトマスはハルナの頭を撫でる。

トマスはさらに続けた。

「先ほども言いましたが、フェレッタの存在を知っている者は少ない。その姿を見てフェレッタだと理解できる者はもっと少ないでしょう。それだけ希少な魔物です。ですから、その価値を知る悪意のある者が現れれば、クラノさんに危険が及ぶかもしれません」

倉野は思考を巡らせる。

「なるほど。希少価値のある魔物は高値で売れるかもしれませんし、フェレッタを巡って戦争が起きるほどとも聞いています。悪用しようとすればいろいろできるのかもしれませんね」

倉野の言葉に頷くトマス。

トマスは話を先に進める。

「そうです。ですから私たち、フェレッタの獣人であるキレットの一族は代々フェレッタを世間から隠し、絶滅しないように繁殖と育成を行っているのです」

「そうだったんですね。どうりで耳の形がツクネに似ていると思っていました。ちなみに、私がこの国に来たのは、ツクネを他のフェレッタに会わせてやりたいと思ったからなんです」

倉野はそう言いながらツクネを撫でる。

ツクネは満足そうに倉野の頬に頭を擦りつけた。

トマスはしばらく思案したあと、こう提案する。

「私たちが守っている森に……フェレッタの森にご案内いたしましょうか」

願ってもない提案だ。

なお、そもそも倉野が本気を出せばフェレッタの森を見つけることは可能だ。

だがそれをしないのは、何か理由があって隠されているフェレッタの森に土足で踏み込むことになるからである。そんなことをしたら揉め事や厄介事に発展するだろう。

確かにツクネを他のフェレッタに会わせてやりたいが、この世界の常識や現状をぶち壊すようなことは避けたいと思っている。

だからトマスの提案はありがたい限りだ。

「いいんですか」

「はい。クラノさんは信頼に足る方ですし、この子を他のフェレッタに会わせてあげたいと、私も思いますから。それに先ほど約束してしまいましたからね。娘を救っていただいたお礼にできることはなんでもする、と」

そう言ってトマスは優しく微笑む。

トマスの提案を受け、倉野はツクネに尋ねた。

「仲間に会ってみたいよな、ツクネ」

「クー」

言葉の意味を理解しているのか、倉野の言葉に応えるように鳴く。

倉野はトマスに向き直り、改めて先ほどの提案に答えた。

「案内をお願いしてもいいですか」

「はい、任せてください。キレット家はフェレッタのためにあるようなものなのです。ツクネくんのためにも案内させてください」

トマスはそう言いながら温かい視線でツクネを見つめる。

さらにトマスは、これから時間はあるか、と聞いてきた。

「これから、ですか。僕は大丈夫ですが……ニャルさんは大丈夫かい」

ニャルに何かあれば、あの権力と筋力を持ったおっかない父親が出てくる。

レオポルトの顔を思い浮かべながらニャルに尋ねると、ニャルは大きく頷いた。

「はい、大丈夫です。早くツクネちゃんを仲間に会わせてあげたいですもんね」

ニャルの答えを聞き、トマスは立ち上がる。

「それでは行きましょうか。アキコ、リザドーを手配してくれないか」

アキコは頷き、外へ出ていった。

トマスの言うリザドーとは先日も乗った大きなトカゲである。リザドーに車を引かせてそこに荷物や人が乗る、移動用の魔物だ。

準備ができたと言われて倉野とニャルは外に出た。

すると車を引くリザドーが、早く乗りなさいと言わんばかりに待機していた。

どこから連れてきたのだろうか、という疑問は呑み込む。

「では、行きましょう」

トマスは倉野とニャルに馬車に乗るように促す。

倉野、ニャル、トマス、ハルナの順に馬車に乗り込むと、アキコは車の扉を閉じた。どうやら彼女は同行しないようである。

「アキコさんは行かないんですか」

ニャルが尋ねるとトマスは頷いた。

「はい。晩ご飯の準備があるようでして」

「おかーさんの作るご飯は美味しいんだよ」

ハルナは誇らしげにそう話す。

彼女にとってアキコは自慢の母親なのだ。

倉野たちを乗せた車はリザドーに引かれどんどん進み、いつの間にかチェリコの町から出ている。

「あの、どこに向かってるんですか」

聞いていいのかな、というようにニャルがおずおずと問いかける。

トマスは自分の顎を触りながら答えた。

「なんと説明しましょうか……ジェストという町があるのですが、その町の近くに森があるんです。とにかくそこを目指している次第ですね」

ジェストという単語を聞き、倉野は三日前の一件を思い出していた。

ミーナ・グレイ殺害からビスタとイルシュナの戦争に発展しかかった事件。

ジェストはその事件の中心になった場所である。

イルシュナ軍に占領されていたのだが、大丈夫なのだろうか、と思っていると、それを察したトマスが口を開いた。

「先日の騒動により、今は復旧中らしいのでジェストは迂回[うかい]する予定です。もう少しすると森が見えてきますよ」

倉野が窓の外を覗くと、まだ遠いが進行方向に緑が見えた。

◇

砂の国ビスタに似つかわしくない緑がどんどん近づき、倉野たちを乗せたリザドー車は緑の近くで停止した。

順番に車を降り、森の入り口に向かう。

近くで見ると、その森は思っていたより規模が大きい。生茂る木々により太陽の光は遮られ、不気味な雰囲気が漂っていた。

「なんか、この森は人が入るのを拒んでるみたいですね」

倉野はこの森をそう表現した。

実際に、この森は部外者の立ち入りを拒んでいるのだ、とトマスは語る。

「この森は迷いの森と呼ばれており、中は迷宮のように入り組んでいます。キレットの一族以外の者が入ると二度と出られないと言われておりますので、私から離れないようお願いします。我々キレットは代々、方向感覚が優れていまして、迷いの森でも迷うことなく目的地にたどり着くことができます」

方位磁石みたいな能力だな、と倉野は心の中で呟く。

トマスはさらに説明を続けた。

「フェレッタはこの森の中心部に生息しているのですが、キレット以外の者はたどり着けないため、守られているということです。また、その中心部にはキレットの一族が集落を築き、生活しています。人間であるクラノさんに驚く者も多いと思いますが、お気を悪くなさらないでください」

倉野は頷く。

そもそも人間がこの国にいることすら珍しいのだから仕方あるまい。

説明し終えたトマスは森に入る道を指さした。

「さぁ、行きましょう。もう一度言いますが、決して離れないようにお願いします。森の養分になってしまいますから」

「怖い表現しないでくださいよ」

倉野はトマスの言葉選びに苦笑いする。

トマスは微笑んでからハルナを抱き上げて森に入った。

森に入ると、どことなく涼しいような気がした。

日の光が届かないからなのか、木が放出しているマイナスイオンなのか、と考えているうちにトマスはどんどん進んでいく。

「クラノさん、遅れますよ」

ニャルはそう言って倉野の背中を押した。

森の中はいくつも道が分岐しており、確かに方向や距離、現在地さえわからなくなってしまう。

どれくらい歩いたのだろうか。トマスから離れないように、と集中して進んでいると整備された大きな道に出た。

その道の先には木で作られた門のようなものが見える。

門を通り抜けると、木造の家が並んでおり、先ほどトマスが言っていた集落だとわかった。

「ここがキレットの隠れ集落です。わかりやすくフェレッタの森とも呼ばれています」

集落にたどり着くとトマスは振り返りそう説明する。

その瞬間、何かを感じ取ったのかツクネが鞄から顔を出した。

「クー……クー」

「どうした、ツクネ。もしかして、ここにフェレッタがいるってわかるのか」

「クー」

倉野の言葉に返事をするように鳴き、小さな鼻をヒクヒクとさせる。

自分と同じ匂いでもするのかな、と倉野は鞄からツクネを取り出して抱きかかえた。

「嬉しそうですね、ツクネちゃん。私もなんだか、感動しています。ここが伝説のフェレッタの森なんですね」

ニャルはそう言ってキョロキョロと見回す。

すると、近くの家から男が出てきた。

「人間を連れてきたのか、トマス」

男は倉野に警戒のまなざしを送りながらそう言う。

四十代前半くらいに見えるその男はどことなくトマスに似ているように見えた。

トマスは抱きかかえていたハルナを降ろし、その男に答える。

「そういう言い方をするな、ククル。この方はハルナの恩人なんだ」

ククルと呼ばれた男は呆れたようにため息をついた。

「トマスは簡単に他人を信用しすぎだ。世界には信用できない者が多いから、我らキレットはこのように森の中にいるのではないのか」

「ククルは警戒しすぎだよ。ほら、フェレッタを連れているのが見えないのか」

トマスはそう言いながら倉野を指さす。

ククルは、倉野に抱きかかえられているツクネを見て、信じられないといった表情をした。

「フェレッタが人間に懐いている、だと。そのフェレッタはどこで……」

ククルが呆然と呟くと、トマスが倉野に代わり説明してくれた。

「この方はクラノさんだ。偶然にもフェレッタの卵を手に入れ、孵化させたそうだよ」

「そのようなことがあるはずなかろう」

「ククル。このフェレッタの懐き具合を見れば、この話が嘘ではないとわかるだろう。クラノさんは信頼できる人間だよ」

トマスはククルに強い口調で言った。

ククルは不満そうな顔をして背を向ける。

「何か問題を起こせばすぐに追い出す」

そう言い残し、ククルは集落の奥へ消えた。

彼の背中を見送りながらトマスは倉野に頭を下げた。

「すみません。あの男はククルと言いまして、私の従兄弟(いとこ)なんです。フェレッタを守るという一族の使命に一途な奴で、あのように他人を警戒してしまうのです。失礼な物言いも、強い使命感ゆえ。どうかお許しください」

「頭を上げてください。本来、僕は入れない場所なんですから警戒するのはもっともです。むしろ僕のせいでトマスさんの立場が悪くなるのでは」

倉野がそう言って気遣うとトマスは首を横に振る。

「元々、立場なんてものはありませんから、お気になさらないでください。すぐにでもフェレッタたちのところにご案内したいのですが、一箇所だけ寄ってもよろしいですか」

倉野は頷いた。

トマスに案内され、倉野とニャルは集落の奥へ向かう。

しばらく進むと他の家よりもひとまわり大きい家が見えた。

「ここです」

トマスは言いながら、その家の扉を開く。

明らかに他とは違うその家を見て倉野はトマスに聞いた。

「あの、ここは」

「ここは長老の家です。紹介させていただきたいと思いまして」

そう答えながらトマスは倉野たちを家に入るようにと促す。

「長老、ですか」

ニャルが首を傾げてトマスに問いかけた。

トマスは微笑みながら優しく答える。

「この集落に訪れたときの決まりでして、集落に今誰がいるのかを把握しておきたいのです。大仰なものではありませんのであまり構えずにいてください」

そう言いながら家の中を進み、一番奥にある扉を開いた。

扉の先は客間のような部屋になっており、大きなテーブルとそれを囲むように椅子が置いてある。

そして部屋の奥の椅子に、体の小さな老婆が座っていた。もちろん老婆の頭にもトマスやハルナと同じ丸いフェレッタ特有の獣耳がついている。

トマスの言っていた長老は彼女なのだろう。

「おばば様、トマスでございます」

そう言いながらトマスは頭を下げる。

おばば様と呼ばれた老婆はトマスの顔を確認するとかすかに頷いた。

「帰ってきたのかトマスや。客人を連れてきたようじゃな」

おばば様はそう言いながら倉野とニャルを眺める。

視線を感じた倉野は姿勢を正し名乗った。

「倉野と申します」

「私はニャルと申します」

倉野に続きニャルも名乗る。

「私はキレット一族の長老じゃ。皆、おばばと呼んでおる。お主らもおばばと呼ぶといい」

老婆の迫力に耐え倉野は頷いた。

「クークク、クークー」

普段いきなり鳴いたりしないツクネが、おばば様に話しかけたように見えた。

すると、おばば様は何度か頷き、優しく微笑んだ。

「そうか、お主はツクネと言うのだな。お主がそう言うのであればクラノ殿を正式な客人として迎えよう。ゆっくりしていかれよ」

突如、ツクネの名前を呼ばれた。倉野とニャルはなぜ名を知っているのかと驚く。

それを見てトマスが説明してくれた。

「驚かせましたか。おばば様はフェレッタと会話することができるのです。察するにツクネくんがクラノさんを紹介したようですね」

「ツクネが……ありがとう、ツクネ」

倉野はツクネの頭を撫でる。

「キレットの皆さんは全員がフェレッタと会話できるんですか」

ニャルはまだ驚いている様子で、トマスにそう尋ねた。

トマスは首を横に振る。

「いいえ、おばば様だけです。フェレッタと心を通わせれば会話できる、という話ですが、おばば様以外の者はその領域に達していないようです」

おばば様への挨拶を済ませた一行はもう一度頭を下げて退室した。

そしてそのまま家を出る。

外に出ると再びトマスはハルナを抱き上げた。

「さて、それではフェレッタのいる場所に行きましょう。この集落の中心にフェレッタ用の小屋があります」

トマスはそう言って倉野たちを引き連れその小屋へ向かった。


集落の中心部には開けた土地があり、そこには横長の小屋が立っていた。

小屋の周囲には獣人がおり、それぞれ仕事をしている。

すると一人の男がトマスに気づき近づいてきた。十代後半くらいの青年である。

「トマスさん、帰ってきてたんですか」

青年に気づき、トマスは頷いた。

「ああ、先ほど着いてね。おばば様に挨拶をしてきたところだよ」

「なるほど。ところで、そちらの方は……」

青年は倉野たちを見ながらそう問いかける。

倉野はすぐさま頭を下げた。

「倉野と申します。トマスさんに連れてきてもらいました」

倉野がそう答えると、青年はもう一度トマスを見た。

青年の視線に気づいたトマスは、集落に着いて三度目の説明を始めた。

倉野がツクネを孵化させたこと、ハルナの恩人であること、ツクネと他のフェレッタを会わせてやりたいこと。

青年は、なるほどという表情を浮かべると、倉野に向き直った。

「自分はデルバンと申します。フェレッタの世話を任されています。フェレッタのことならなんでも聞いてください」

デルバンと名乗った青年はそう言って爽やかな笑顔になった。

感じの良い若者だな、と倉野は頷いた。

デルバンとの会話を終えた倉野たちは小屋の中へ案内される。

いよいよフェレッタに会える、と倉野は鼓動が高鳴った。

フェレッタに会うこと自体にも緊張と感動はあったが、やっとツクネを他のフェレッタに会わせてやれると思うとどきどきしてくる。

「フェレッタは人の感情を読み取るので、あまり驚いたり怖がったりしないようにしてください」

デルバンはそう言いながら小屋の扉を開けた。

「クー」

扉が開いた途端、一匹のフェレッタが倉野めがけて飛び出てきた。

「うわっ！」

情けない声を出しながらよろめく。

なんとか踏ん張りそのフェレッタを受け止めた。

その瞬間、鞄の中にいたツクネが飛び出し、倉野が抱きかかえているフェレッタに近寄る。

ツクネとそのフェレッタはお互いの匂いを嗅ぎ、慎重に距離を詰めていく。

「小屋の中から外の気配を感じていたんでしょうね。しかし、初対面の人に自ら近づくとは珍しい」

フェレッタの様子を見ながらデルバンはそう説明した。

飛び出してきたフェレッタはツクネの匂いを嗅ぎ終えたのかさらに距離を詰め、自分の頭をツクネの体に擦りつける。

それに答えるようにツクネも体を擦りつけた。

「挨拶が終わったようです。中に入りましょう」

デルバンはそう言って、倉野たちを小屋の中へ促す。

中に入ると小屋の中は独特な獣臭で満ちていた。

ところどころにフェレッタ用の小さなハンモックが設置されており、飲み水と餌(えさ)もいくつか用意されている。

そして自由に動き回るフェレッタたちがいた。

餌を食べるフェレッタ、ハンモックで寝ているフェレッタ、地面を駆け回るフェレッタ、まさにフェレッタの家である。

動物園の小動物コーナーみたいだな、と懐かしいような気持ちになった。

ふと見るとニャルは感動している様子だった。

「すごい、伝説のフェレッタがこんなに。フェレッタはハンモックで寝るんですね、可愛い」

「ええ、ここでは二十一匹のフェレッタをお世話しています。いきなり触ろうとすると警戒するので、近づいてくるのを待ってから触ってください」

デルバンはそう説明すると、まだ仕事があるから、と小屋を出ていく。

フェレッタたちは距離を取りながら倉野たちを観察している。

最初に飛んできたフェレッタは好奇心旺盛(おうせい)な性格のようで、本来は観察してから近づいてくるのだと、トマスは説明した。

「どうだ、ツクネ。これがお前の仲間だよ」

最初のフェレッタと体を寄せ合うツクネに倉野が問いかける。

ツクネは倉野の腕の中から周囲を見渡し、他のフェレッタたちの様子を観察した。

「クー」

こちらを観察しているフェレッタたちに話しかけるようにツクネが鳴くと、フェレッタたちは一斉に近づいてくる。

「ツクネくんが挨拶をしたようですね」

トマスがそう説明すると、ツクネは倉野の腕から飛び降り、フェレッタたちに接近した。

近づいてくるツクネの匂いを嗅ぎながら、フェレッタたちはツクネを取り囲む。

まるで、転校生を取り囲む学生のようだな、と倉野は微笑ましく眺めていた。

「ツクネちゃん、上手く溶け込めそうですね」

フェレッタたちを刺激しないように小さな声でニャルが言った。

「元々、物怖じはしない性格でしたが、フェレッタ相手でも大丈夫みたいで安心しました」

そう言いながら倉野は、これがあるべき姿なのかもしれない、と寂しさに似た気持ちを感じていた。

フェレッタは特別な存在である、と改めて知った。

世界中でツクネの同種はここにしかいない。

そのことが倉野にも理解できた。

突然、異世界に放り出された倉野と世界中でここにしか仲間がいないツクネ。

倉野もツクネも、ニャルやレオポルトなど親しい者がいて孤独ではない。だが、すべてを理解してくれる相手となれば別だ。

少しずつ体を寄せ合っていくツクネとフェレッタたち。その様子を眺めながら倉野はツクネの幸せとは何かを考え始めていた。

倉野の様子から何かを察したのか、ハルナが倉野の顔を見上げる。

「おにーさん、どうしたの」

突然話しかけられ、思考の世界から帰ってきた倉野はハッとして微笑んだ。

「なんでもないよ。ツクネがフェレッタたちと仲良くできそうで嬉しいなと思ったんだ」

そう言いながら再びツクネを眺める。

ツクネは他のフェレッタたちとの挨拶を終えたのか、倉野の足元に帰ってきた。

「あれ、もう良いのか、ツクネ」

「クー」

肯定するように鳴いたツクネは倉野にしがみついてくる。

その様子を見ていたトマスはハルナを抱きかかえながら言った。

「クラノさんの不安を察したようですよ、ツクネくんは」

トマスにそう言われ、倉野ははっとした。

心を読まれたのかと思った。

それほど表情に出ていたのか、と倉野は自分の顔に触れた。

「フェレッタは心の動きに敏感ですから。ツクネくんにとって倉野さんはそれほど大切な存在なんですよ」

トマスは言いながら優しく微笑んだ。

不思議なものでトマスにそう言われた途端、倉野の中に芽生え始めていた不安がきれいに消えていく。

言われてみれば、ツクネは自分の腕の中にいるときが一番満足そうな表情をしている気がする。

「僕にとっても、大切な存在ですよ」

倉野はそう言って微笑んだ。

そのとき、小屋の外で爆発音のような音が響く。

大きな音は地面を揺らし、その衝撃の強さを伝えた。

「な、なんの音ですか」

すぐさま反応したニャルがそう叫ぶ。

猫の獣人だけあって、音には敏感なのだろうか。

「様子を見てきますので、ハルナを見ていてください」

トマスはそう言いながら、ハルナを降ろし小屋を飛び出した。

倉野も抱えていたツクネをニャルに手渡す。

「僕も見てきます。ツクネをよろしくお願いします」

「はい。あの、危険なことはしないでくださいね」

ツクネを抱きながら、ニャルはそう返答した。

素早く頷き、倉野は小屋を出る。


「探せ！　どこかにフェレッタがいるはずだ」

外に出た倉野の耳にそんな言葉が飛び込んできた。

この集落の中でも開けた場所にあるフェレッタの小屋。その周囲を明らかにキレット一族ではない獣人が数人、武装して歩き回っていた。

その獣人たちはキレット一族の特徴である丸くて小さい獣耳ではなく、尖った三角形の獣耳だ。

犬のような、狼のようなその獣人たちは明らかに攻撃的な雰囲気を醸し出している。

そんな獣人たちと距離を保ちつつ、キレット一族が数人、槍を手に牽制していた。

状況から察するに、狼のような獣人たちがこの集落に攻め込んできた、というところだろうか。

だが、それは倉野の推理にすぎない。状況を詳しく知ろう、と倉野は先に飛び出したトマスを捜した。

周囲を見渡すと槍を手に狼獣人たちと向き合うトマスが見える。

「トマスさん」

倉野がそう呼びかけた瞬間、狼獣人がトマスめがけて槍を投げつけた。

明らかにそれは攻撃であり、もはや状況の解説は不要である。

敵だ。

そう判断した倉野は即座にスキル『神速』を発動した。

「『神速』、発動」

すると周囲はあらゆる動きを停止した。

いや、正確にはゆっくりと動いているのだが、スキル『神速』を発動した倉野とその他のすべてにスピードの差がありすぎるため、止まって見えている。

自分だけの時間を作り出した倉野は狼獣人が投げた槍を掴み、スキル『神速』を解除した。

「ク、クラノさん」

突如目の前に現れた倉野に驚くトマス。

槍を投げた狼獣人も言葉を失っていた。

「なんだお前は！　この集落の者じゃないな」

狼獣人はそう言いながら腰の剣を抜く。

身構えたが、倉野は冷静に狼獣人に問いかけた。

「なんだ、お前たちは。なぜこの集落を襲うんだ」

「あ？　決まってるだろ。フェレッタを捕獲するんだよ」

狼獣人は剣を構えながらそう言い放つ。

ふつふつと湧き上がる感情を抑えながら倉野は質問を続けた。

「なんのために」

「金に決まってるだろ。珍しい魔物ってのは高く売れるんだ。愛玩、観賞、それに皮を剥いで服にしてしまうコレクターもいるな。まぁ、フェレッタを高値で買い取る組織があるって裏情報もあるがよ」

その瞬間、倉野の中にある感情の受け皿が溢れた。

「わかった。話しても無駄ってことだな」

狼獣人を睨みつけながら倉野はそう言った。

次の瞬間スキル『神速』を発動していた。

音も光も追いつけないほどの速度で、倉野は狼獣人たちの武器をはたき落とす。

腹の奥で感情が爆発しているのに、相手を傷つける行為を選べない自分を甘いな、と思った。そして淡々と敵を無力化し、スキル『神速』を解除した。

突如武器に衝撃を受け、手放してしまった狼獣人たちは、何が起きたのかわからず戸惑う。

その隙に倉野はトマスに話しかけた。

「何があったんですか」

「どうやら我々は尾行(びこう)されていたようです。一応、周囲の確認はしていたのですが、この無法者たちの中に『超聴覚』というスキルを持っている者がいたらしく、音を頼りに尾行してきたと……」

トマスは、この事態を招いた責任を感じているようだ。

怒りと後悔と悲しみを掛け合わせたように表情を歪めながら狼獣人たちを睨む。

こうなってしまったのは自分がここに来ることを望んだからだ、と倉野は後悔したが、狼獣人たちが武器を拾い始めたのが見えた。

とにかく目の前の狼獣人は排除すべきだ。

「つまりこいつらは倒さなければいけない、ということですね。キレットの皆さんは離れていてください」

倉野はそう言ってスキル『神速』を発動した。

人間である自分が、この国で獣人を殺したりしたら国際問題に発展するかもしれない。倉野は力加減をしながら狼獣人たちを攻撃する。

攻撃しながら数えると狼獣人は九人、この集落に入り込んでいたようだ。

九人に手加減しつつ攻撃し終えた倉野はスキル『神速』を解除する。

「グハッ」

何が起きたのか理解する前に狼獣人たちは意識を飛ばし、その場に倒れ込んだ。

トマスたちキレット一族も何が起きたのかわかっておらず、倒れる狼獣人たちを見つめて立ち尽くす。

「これは、クラノさんが……」

なんとか言葉を振り絞り、トマスは倉野に問いかけた。

倉野は呼吸を整えながら頷く。

「多分、気絶しているだけなので、今のうちに何かで縛ってしまいましょう」

そう倉野が言うと、どこからかデルバンがロープを持ってきた。

「これで縛っときます」

「あ、ああ、頼むよ、デルバン」

立ち尽くしていたトマスは我を取り戻し、そう答える。

やはりデルバンは若いだけあって、状況を受け入れるのが早いのだろうか。

そうしてデルバンが狼獣人たちを縛っていると、周囲にいたキレット一族の中からククルが出てきた。

「これはお前が招いた事態じゃないのか、人間」

ククルは強い口調で吐き捨てる。

倉野は否定できない。

確かに自分がいなければ、トマスはここに来る必要はなく、狼獣人たちに尾行されることもなかったのだ。

しかしトマスが反論した。

「これは私が犯したミスだ。クラノさんは関係ない。警戒を怠(おこた)ったのは私だ」

「トマスは黙っていろ。そもそもタイミングが良すぎる。お前が狼獣人たちとつながっていたのではないのか」

ククルはさらに倉野を問い詰める。

「違います！　僕は本当にツクネをフェレッタたちに会わせてやりたかっただけです」

倉野は否定するが、ククルは厳しい目で睨み続けている。

トマスが強い口調で言い返す。

「クラノさんは守ってくれたじゃないか」

「どうかな。これも作戦かもしれんぞ」

ククルがそう吐き捨てた瞬間、声が響いた。

「黙らんか」

振り向くと、倉野の背後におばば様が立っていた。

おばば様の声はそれほど大きくなかったが、耳元で話しかけられているかのように響き、その場にいた全員を振り向かせた。

おばば様の言葉にはククルも反論できないようだ。

ククルから広がりかけた倉野への猜疑心(さいぎしん)は、おばば様によって堰(せ)き止められたのだ。

おばば様はゆっくり倉野に歩み寄る。

「すまんな、クラノ殿。気を悪くしないでほしい」

「いえ、このタイミングで襲撃があれば僕を疑うのは当然です」

倉野はそう答えた。

おばば様は頷き、ククルを見やった。

「ククル、お前が誰よりも一族のことを想っていることは皆知っておる。だが、その想いの強さ故に目が曇っておらんか。クラノ殿を選んだのはツクネという名のフェレッタだ。悪意ある人間にフェレッタが懐くわけなかろうが」

おばば様にそう言われ、ククルはバツの悪そうな顔で頷いた。

「はい……申し訳ありません」

おばば様は満足そうに頷き、キレット一族に語りかける。

「聞け、我が子らよ。クラノ殿は私が認めたのじゃ。疑うなどもってのほかぞ、よいな」

おばば様の言葉を聞いたキレットの者たちは強く頷いた。

全員の反応を見たおばば様は満足そうに息をついた。

「ありがとうございます」

倉野はおばば様に感謝の気持ちを伝えた。

そのとき、デルバンの苦痛の声が響いた。

「ぐあああああああ」

すぐさま声の出どころを探した。

そこには、先ほどの九人とは別の狼獣人がいた。

その足元でデルバンが左肩を押さえながら倒れている。肩からは真っ赤な体液が流れていた。

「もう一人いたのか」

トマスはそう言いながらおばば様の前に飛び出し、壁となった。

状況を察するに、集落に乗り込んできた狼獣人は九人ではなく十人だったようだ。そして最後の一人が隠れていて、全員が油断した瞬間を狙って他の九人の救出に来た。

そうして九人をロープで縛っていたデルバンが斬りつけられたのだろう。

状況を把握した倉野は油断したことを後悔しつつ、スキル『神速』を発動した。

このスキルさえ発動すれば、倉野に対抗できる敵など存在しない。

すぐさま狼獣人は意識を飛ばし倒れ込んだ。

「くそっ、デルバンくん！　誰か回復魔法を使えませんか」

倉野がそう叫ぶと、小屋からニャルが飛び出してくる。

「私が使います！　癒しを……」

ニャルはデルバンに駆け寄ると回復魔法を使い、傷を癒した。

「ありがとう、ございます」

デルバンはまだ続いているであろう痛みに耐えながら笑顔を作る。

これで本当に事態が収束した、と確認したトマスは倉野に話しかけた。

「あとのことはキレットにお任せください。この者たちには記憶操作を施しておきます」

恐ろしい話をしれっとするな、と思いながらも倉野は言葉を呑み込む。

ようやく落ち着いたな、と深呼吸した倉野の足元にツクネが駆け寄ってきた。

「クー」

「ツクネ、もう大丈夫だよ。さぁ、おいで」

倉野はそう言いながらツクネを抱き上げた。

「聞かなければならないことがあるんだ、ツクネ」

「クー」

倉野の言葉を理解しているかのようにツクネは首を傾げた。

倉野はツクネを自分の顔の高さまで持ち上げ覚悟を決めたように話し始めた。

「ここにはお前の仲間も、お前を守ってくれる人たちもいる。僕と旅をするよりも安全で安定していると思うんだ」

倉野がそう言うと、ツクネは尻尾を振り回し倉野の頬にぶつけた。

「いてっ、ツクネ、僕はちゃんと話したいんだ」

するとおばば様が笑いながら割り込んできた。

「ほっほっほ。ちゃんと話す気がないのはお前さんじゃないのか、クラノ殿」

「おばば様……でも、僕はツクネの幸せについて話そうと」

「それは、お前さんが考えるものなのかい」

おばば様にそう言われ、倉野はハッとした。

確かにツクネの幸せはツクネが決めるべきだ、と。

おばば様は諭すように話す。

「どうするのが幸せか、じゃなく。ツクネはどうしたいのか、を考えてやってはどうじゃ」

「どうしたいのか……」

倉野は改めてツクネの目を見つめた。

ツクネの小さな目は語りかけるようにまっすぐ見つめ返してくる。

「ツクネ、お前はどうしたい？」

「クー」

ツクネは即座に鳴いた。

何を言っているのかわからないが、迷いがないことだけは伝わる。

おばば様は一呼吸置いて話し始めた。

「自分たちは家族だから離れない、と言っておるぞ」

おばば様はフェレッタの言葉を理解できる。その能力を活かし、ツクネの気持ちを伝えたのだ。

ツクネの気持ちを知った倉野は目頭が熱くなった。

我が子のように思っていたのは自分だけではなかったのか、と。

一緒にいるだけで幸せだと思っていたのは自分だけではなかったのだ、と。

「これからも一緒にいてくれるのか、ツクネ」

「クー」

ツクネは倉野の言葉に応えた。

おばば様に訳してもらうまでもなく諾（だく）という意味だろう。倉野はツクネを優しく抱きしめた。

「ククルよ、これを見てもまだクラノさんを疑うか」

トマスはククルに問いかける。

するとククルは弱々しく首を横に振った。

「いや……このような人間もいるんだな」

「人間か獣人かではない。大切なのは個人じゃ」

おばば様はそう言いながらククルに優しく微笑む。

その後、狼獣人たちを縛り上げたキレット一族の面々は事態の後片付けを始めた。

狼獣人たちは集落の奥へ運ばれていく。おそらく記憶操作をされるのだろう。そうしてこの集落の秘密は守られているのだ。

ニャルの魔法によって怪我を治療してもらったデルバンは頬を赤らめながら、ニャルに支えられてフェレッタの小屋の中に入っていった。

いや、その子のお父さんはかなりおっかないし、娘を溺愛してるからその恋は険しいぞ、と倉野はデルバンに同情する。

その後ニャルはデルバンと恋に落ち、デルバンはレオポルトとの初対面で腰を抜かすのだが、それはまだ先の話。

◇

事態が落ち着き、倉野は宿に戻ることを伝えるため、おばば様の家に挨拶に訪れていた。

「そうか、帰るか。今日くらい泊まれば良いと思うのじゃがな」

おばば様は寂しそうにそう話す。

倉野が一人であればその言葉に甘え、泊まっていったかもしれないが、ニャルの背後にレオポルトの顔が浮かんだ。

「いえ、何も言わずに来たものですから、ニャルの家族が心配するかもしれません」

主にこの子の父親が、と今はビスタ国にいないレオポルトを思い浮かべながら倉野は答える。

そのときツクネが短く鳴いた。

するとおばば様は、なるほど、という顔をする。

「そうかそうか。お主はレオ坊の娘なのか」

おばば様の言葉に倉野とニャルは驚いた。

「お父さんを知ってるんですか」

いや、そこじゃないだろう。今レオ坊って言ったよ、と倉野は心の中で突っこむ。

おばば様は二人の表情を見て微笑んだ。

「まぁ、昔な。そうかレオ坊の……懐かしいのう、あやつの父親のオシメも替えたことがあるぞ」

いや、何歳なんだよ、この人。と思いながらおばば様の話を聞いていた。

おばば様はレオ坊によろしく、と伝え倉野たちを見送った。

そうして倉野とニャルはトマスと共に集落を出た。

集落の入り口までデルバンとククルが見送りに来た。デルバンはわかるが、ククルが見送りに来たのは意外だった。

彼なりに今までの態度を反省しているのか、ククルは最後に無言で頭を下げた。

そして集落を出た一行は、来たときと同様、リザドー車に乗り、チェリコへ戻る。

「案内していただき、ありがとうございました」

チェリコに着くと、倉野はそう言ってトマスに頭を下げた。

トマスは帰り道で眠ってしまったハルナを抱きかかえながら首を横に振る。

「こちらこそ、お世話になりました。ハルナの件、集落を救ってもらった件、感謝してもしきれません。ところでクラノさんはこれからどうするおつもりですか」

「そうですね、旅を続けようと思っています。元々この国にはツクネをフェレッタに会わせてあげたくて来ただけですから」

トマスの問いにそう答える。

ニャルは寂しそうな表情を浮かべた。

倉野が旅を続けるということは、ここで別れるということである。

しかし、引き留めてはいけない、とニャルは寂しさを言葉にしなかった。

トマスは、なるほど、と頷き、空を見上げる。

「そろそろ日が落ちてきました。アキコが夕食の準備をしておりますので、ぜひ食べていってください」

そう言いながらトマスは自宅の扉を開けた。

扉が開いた瞬間、スパイスの良い香りが漂う。

食欲を刺激する、どこか懐かしい香り。

「カレーだ」

思わず倉野は呟いてしまった。

スパイスを生産しているというビスタ国。カレーに近い料理が生まれても不思議ではない。

「カレー？　いいえカリレですよ」

トマスはそう言い、自宅に倉野とニャルを招き入れた。

「お帰りなさい。さぁ、どうぞ」

アキコはそう言いながら、カリレと呼ばれる料理をテーブルに並べた。スパイスと小麦粉とバターを炒めたソースで、野菜と肉を煮込んだものだと言う。

いや、カレーだなこれ。と心の中で断定する。

これがビスタ国最後の食事か、とアキコお手製のカリレを味わった。

その後、倉野は何度もお礼を言い、トマスの家を出た。

またいつか会いに来ると伝え、トマスたちと別れた倉野とニャル。

美味しかったと感想を言いつつ、二人は泊まっていた宿まで歩く。

楽しく話しているはずなのに、その足取りは重かった。

別れの時が近づいている、とわかっているからである。

過ぎてほしくない時間というのは、あっという間に過ぎてしまうものだ。

気づけば二人は宿の前までたどり着いていた。

「もう暗いですし、早く宿で休みましょう」

ニャルはそう言い、倉野に微笑みかける。

しかし、倉野は首を横に振った。

「このまま旅に出ようと思います。本来ジェストからイルシュナに入るためには、一度船に乗り遠回りをしなければならない。ですが、今ならビスタとイルシュナの間に隔(へだ)たっている壁に穴が空いています」

開けたのは自分だけれど、と思いながら倉野が言うと、ニャルは悲しそうな顔をしながら言葉を探す。

「穴があるなら、明日の朝でも良いじゃないですか」

「先ほどトマスさんに聞いたのですが、その穴の補修工事が明日の朝から始まるそうなんです。つまり自由に通行できるのは今夜が最後」

「それじゃあ、正式に手続きをすれば良いんですよ。時間はかかりますが……」

「それじゃあダメなんです。その正式な手続きには、同行させる魔物の登録も必要になります。それではツクネの存在が公(おおやけ)になってしまうんです」

倉野がそう答えるとニャルは戸惑うように目を泳がせる。

つなぎ止めたいけど、どうしようもない。寂しさと無力さをかき混ぜたような感情がニャルの心を覆い、やがて涙に変わった。

「まだ……まだ何も、何も恩返しできてないのに。いっぱい、いっぱいありがとうって言いたいのに」

目に涙を浮かべながら、震える声で伝える。

そんなニャルの姿に、倉野も感傷的な気分でいっぱいだった。

倉野とて別れるのは寂しい。だが、せっかく異世界に来たのだから、世界中を見てみたい。旅をしているからこそ、ニャルやレオポルト、トマスやフェレッタたちと出会えたのだ。

意思は変わらない。自分の気持ちを確認した倉野は、ニャルの肩を抱き微笑みかけた。

「こちらこそ、ありがとうを伝えたいです。ニャルさんがいたからこの国にも来れたし、フェレッタにも会えました。ツクネを仲間に会わせてやれました。全部ニャルさんとの出会いから始まったんです。そして僕は気づいたんです。この世界にはドキドキする出会いや、楽しいことがいっぱいある、と」

「でも……寂しいです」

「僕も寂しい。でもね、ニャルさん。出会いは始まりだけど別れは終わりじゃないんです。またどこかで会えますよ。そしたらまた、いつもの笑顔で迎えてくれますか」

「……はい……はい！　絶対ですからね」

ニャルは涙を拭いながら、必死にそう言った。

これくらいは許してくれますよね、レオポルトさん、と心の中でレオポルトに語りかけながら倉野はニャルを抱きしめた。

ニャルの体温と鼓動が伝わってくる。

抱きしめられたニャルは、倉野よりも強い力で抱きしめ返した。

ありがとう。お互いに何度も伝え合いながら、別れを惜しむ。

こうして倉野はチェリコを離れ、ジェストへ向かった。

「さぁ、次はどんな出会いが待ってるかな、ツクネ」

「クー」

すっかり暗くなった道だが、月明かりによりなんとか視界は確保されている。

空気が澄んでいるからなのか、元の世界の月よりも明るいと思った。

◇

思っていたよりも早くジェストにたどり着いた。

この町は、ビスタとイルシュナの戦争を目論んでいた白の創世が事件を起こした場所である。

様々な場所に破壊された痕があり、その事件を思い出させた。

復旧作業中だが、今は夜中のためそれほど人はいない。

そんな町の様子を眺めながら、倉野は壁の穴へ向かった。

「確か、壁の穴はこっちに……あ、あそこだ」

壁の穴を発見した。

だが、穴の前には獣人の兵士が一人、人間の兵士が一人立っていた。

おそらく、ビスタとイルシュナから一人ずつ兵士を出しているのだろう。

「そりゃそうか、国と国の境界だもんなぁ。あ、でもレオポルトさんが通れるように手配してくれたって手紙に書いてあったな」

そう呟きながら倉野は穴の前にいる兵士に近づいた。

倉野が近づいてくることを確認した獣人の兵士が話しかけてくる。

「何か用か」

「あ、えっと、ここを通ってイルシュナに向かおうと思いまして」

倉野がそう言うと、獣人兵士は首を横に振った。

「ここは通行不可能である。イルシュナに入国したいのであれば、海へ向かえ」

話が違うじゃないか、とレオポルトに毒づきながら、倉野は獣人兵士に食い下がる。

「どうにか通らせてもらうことはできませんか。知り合いから、ここを通ってイルシュナに向かって良いと言われていたんですが」

倉野がそう言うと、獣人兵士は馬鹿にしたように笑った。

「誰がそんなことを言うのだ、馬鹿馬鹿しい。そんな簡単に出入国が許されるわけないだろう」

そう言われればそうなのだが、と思いながら倉野はため息をつく。

「そうですか。レオポルトさんの許可では通れないのか」

「え」

倉野が呟いた瞬間、獣人兵士は体を硬直させた。

その表情からは恐怖と緊張、そして後悔が見て取れる。

「あの、どうしたんですか」

倉野が尋ねると、獣人兵士は態度を一変させた。

「す、すみません！　レオポルト様の関係者でしたか。確かにレオポルト様から一人、通行を許可するよう言われております。失礼ですが、お名前を伺ってもよろしいですか」

「あ、倉野です」

そう名乗ると、獣人兵士は懐(ふところ)からメモのようなものを取り出し、見つめている。そして確認を終えると、すぐさま倉野に頭を下げた。

「確認いたしました！　人間のクラノ様ですね。外見もレオポルト様がおっしゃっていたものと一致しております。通行の手続きをいたしますので、しばらくお待ちください」

獣人兵士はそう言うと、壁の向こう側にいる人間兵士に駆け寄る。

しばらく話したあと、戻ってきた獣人兵士は倉野の通行を許可した。

「これで通っていただけます。あの……さっきのことを、その、レオポルト様には、言わないでいただけると……」

本当にあの人は何者なんだ、と思いながら倉野は頷き、壁の穴を通り抜ける。

ここから先はイルシュナだ。

イルシュナと言えば、ダンは元気にしてるかな、と倉野は以前いろいろと世話になった友人のことを思い出す。彼はイルシュナに向かうと言っていたのだ。

倉野が壁を通り抜けると人間兵士も敬礼をし、通行を許可した。

「ジェイド将軍から通行許可が出ております。ここから一番近い町は白の創世の教会があるところなのですが、現在壊滅状態にあります。安全な町としてここから北に進んだ町を推奨するように指示を受けております。また、クラノ様がお望みならば、こちらの拠点で休んでいただくことも可能ですが如何(いかが)いたしますか？」

人間兵士はそう説明する。

よく見ると壁からこちら側、イルシュナ側にはいくつもの簡易住居のようなものが建っていた。

これは先日、ここを通ったときにはなかったものだ。

おそらく、ジェスト復旧のためにイルシュナ側から人員を派遣しているためだろう。

国境を越えることができたのだから、ここから先は急ぐ必要はない。無理をして夜道を進むこともないだろう。

そう考えた倉野は、人間兵士の提案を受け入れることにした。

「それじゃあ、朝まで休ませていただけますか」

「はい。それでは、こちらです」

人間兵士はそう言って、簡易住居の一つに倉野を案内する。

「朝になればお声がけさせていただきます。ゆっくりお休みください」

そう言い残し、人間兵士は壁の穴へ戻っていった。

ありがとう、とお礼を言って、簡易住居に入る。

中はそれほど大きくないが、明かりを灯すランプとベッドが置いてあった。

一晩休むには十分である。

倉野がベッドに倒れ込むと、一気に疲れが押し寄せてきた。

「今日もいろんなことがあったもんな」

ニャルと市場まで歩き、ハルナと再会。

そしてトマスと出会い、フェレッタの森。
狼獣人たちとの戦闘、カリレの味、そしてニャルとの別れ。
最後にイルシュナへの入国。
内容の濃い一日だったと振り返っているうちに、倉野はいつの間にか眠っていた。

4

「おはようございます」

簡易住居の外から響いてきた声で、倉野は目を覚ました。

扉の隙間からは太陽の光が漏れている。

倉野の隣では、ツクネが丸まって眠っていた。

「ツクネ、朝だよ」

倉野はツクネを起こしながらベッドから立ち上がる。

まだ眠そうなツクネはのそのそと鞄に入り込み、再び眠りについた。


そのまま、倉野は簡易住居を出る。

すると、簡易住居の前には昨日とは違う兵士が立っていた。

「おはようございます。私はイルシュナ陸軍所属のフォースと申します。クラノ様の案内を担当させていただきますのでよろしくお願いします」

フォースと名乗る青年はそう言いながら敬礼する。

話を聞くと、昨夜の兵士は夜勤を終え、このフォースに引き継いだという。

「私は倉野と申します。冒険者兼商人として旅をしているんです」

倉野が自己紹介すると、フォースは不思議そうな顔をした。

「他国の商人であるクラノ様が、ジェイド将軍とどのようにして知り合ったのですか？　失礼ながら、そういう機会がある方のようには見えないのですが……」

確かに失礼だな、と思いながらも倉野は苦笑いを浮かべる。

「まぁ、偶然の出会いです」

先日のミーナ・グレイ殺害事件から戦争寸前までの流れに自分が関わっていることは、レオポルトが揉み消してくれているはず。

そうすると、ジェイドとの関わりも深くは説明できない。

そもそも戦争を止めるために身柄を捕まえて、兵士たちの武器を叩き落として……なんて説明できるわけがなかった。

「なるほど。興味本位でお聞きして申し訳ありません」

納得しきれないという表情を浮かべながらも、フォースは頭を下げる。

倉野は慌てて手を振る。

「いえ、頭を上げてください。というか、ただの商人なので敬語も不要ですよ」

倉野がそう言うと、フォースは頭を上げ、伸びをした。

「え、そう？　俺、敬語苦手なんだよね。あー、よかった」

「いや、早すぎるでしょう。秋の空じゃないんですから」

「アキノソラ？　ちょっとよくわかんないけど、よろしくな」

フォースはそう言って、軽薄な笑顔を浮かべた。

だが、必要以上に畏まられるよりは気楽だ。

「えっと、じゃあよろしく、フォース」

倉野はフォースと握手を交わした。

「クラノを北の町まで案内するように指示を受けてるんだけど、もう出発していいのか」

フォースが問いかける。

「ああ、じゃあ、お願いします。ここからどれくらいの距離なのかな」

「そうだな、フォンガの車に乗れば昼頃には到着すると思う。そうだ、朝食も準備してあるぞ。と、言っても保存食しかないがな」

フォースはそう言って、不満そうな表情をする。

どうやら保存食に飽きているようだった。

内容を聞くと、干し肉と硬いパンだという。

とはいえそれなら車の中で食べられる、と考えた倉野は先を急ぐことを提案した。

「ああ、わかった。少し待っててくれ、車を用意する」

フォースはそう言って車を引いたフォンガを連れてきた。

倉野とフォースが車に乗り込むと、フォンガはゆっくりと走り出した。

◇

エスエ帝国以来のフォンガに少し懐かしい気分になる。

窓から外を眺めると、ビスタ国がいつの間にか遠くなっていた。

また来よう、そう心の中で呟きながら景色を見送る。

朝食として干し肉とパンをもらった倉野は、それを食べながら北の町に向かった。

「しかし、あのジェイド将軍が他国の商人を特別扱いするなんて珍しいよな」

すっかり態度を崩したフォースが寛ぎながら言う。

確かに倉野がイメージするジェイドという人間も厳格そうで、誰かを特別扱いするようには思えない。

だが、倉野は先日の件で実質イルシュナをも救っている。あのまま白の創世のシナリオ通りに進んでいたら、イルシュナは白の創世の手に落ちていた。

この特別扱いはそのときの借りを返している、ということなのだろう。

しかしそれがバレたら、倉野は様々な厄介事に巻き込まれることになる。

そう思った倉野は、なんとか話を濁そうとした。

「まぁ、特別扱いというか……冒険者でもあるので何か有益だと思ってくれたのかもしれませんね」

倉野がそう言うと、フォースはますます疑いを深める。

「クラノが有益ねぇ。にしても特別扱いなんだよな。宿泊させて、案内までつけるってんだから。アンタあれかい？　ジェイド将軍の身内か何かか」

「違いますよ。普通の冒険者兼商人ですよ」

「じゃあ、あれだ。将軍の夜のお相手でもするのかい」

「めっちゃ失礼だな」

「すまんすまん、流石に冗談だ。それだけジェイド将軍は厳しい人ってことなんだよ。本来、特別扱いなど絶対に許さない人だからな」

フォースはそう言ってかから、ジェイドについて話し始めた。

イルシュナは共和国である。国民の代表である大統領を選挙で決め、統治している国だ。だが、実権は大商人や資産家が持っており、イルシュナの国軍を動かすこともできる。

しかしそんな中にあって、ジェイドは国民や国益のためにしか動かない、という。

「本当だったらジェイド将軍が大統領になっていてもおかしくないほどだ。国民の人気も高いしな。だが、金も女も受け取らない性格だから、国の実権を握っている大商人や資産家に嫌われてるんだ。

だから未だに現場に駆り出されるってわけさ」

フォースの言葉にはジェイドへの尊敬が感じられた。

今さらながら、凄い人だったんだと理解した。

「フォースはジェイド将軍の部下なのかい」

倉野がそう問うと、フォースは大きく首を横に振った。

「いやいや、部下というには身分が離れすぎてるよ。そりゃ、陸軍全員、ジェイド将軍の部下だけどな」

「なるほど。部下だったら、お礼を伝えてもらおうと思ったんだけど、無理か」

倉野が残念そうに言うと、フォースは思い出したように言った。

「あ、でも、今向かっている北の町、ルーシアにジェイド将軍もおられるはずだぜ。そこでビスタ国との会談が行われてっからな。もしかしたら会えるかもしれんぞ」

思っているよりも世間は狭い。会えたら挨拶くらいしたいな、と思いながら窓から外を覗くと、町が見え始めていた。

「あれがルーシアかな」

倉野が問いかけると、フォースも窓を覗き答えた。

「ああ、あれがルーシアだ。イルシュナの中でも二番目に大きい町だぜ」

町はどんどん近くなり、フォンガはルーシアの入り口で停止する。

ルーシアの町はぐるりと石の壁で囲まれており、その壁は見えないところまで続いていた。

そして、入り口には門があり、他の町と同じように兵士が立っている。

倉野とフォースがフォンガ車から降りると、その兵士が近づいてきた。

「この町に入るのか」

兵士はそう倉野に問いかけたが、フォースの姿を見てすぐさま敬礼をする。

「失礼しました、准将（じゅんしょう）。てっきり民間人かと思いまして」

フォースはめんどくさそうに手をひらひらとさせた。

「あー、いいって。堅苦しい挨拶はいらん。こちらの方はジェイド将軍の特別許可が下りている。通らせてもらうぞ」

「はっ！　かしこまりました。フォンガはこちらで預かっておきます」

兵士はそう言って、今まで倉野たちが乗ってきたフォンガ車を壁に寄せる。

倉野は驚きを隠せない。

こんなに軽薄な態度のフォースが、まさか准将とは思わなかった。

軍の階級についてそれほど詳しくはないが、将と名の付く階級が高いことくらいはわかる。

「え、フォースって実は偉いんですか」

「まぁ、クラノにタメ口使っても怒られないくらいにはな」

「全然見えないな」

「親しみやすいフォースさんってことだろ」

そう言ってフォースは笑いながら、門を通り抜けた。

同じように倉野も門を抜ける。


街並みは今まで見てきた町とそう変わらなかった。

だが、どの家にも煙突がある。

フォースが言うには、この辺は冬になると一気に気温が下がるため、各家に暖炉は必須らしい。

街並みを眺めながらしばらく歩くと、一際大きな建物が見えた。

「ここがルーシアの冒険者ギルドだ。冒険者として登録しているならここで宿の紹介もしてもらえるはずだぜ。とにかくここまで案内するように指示されてっけど、どうする？　まだ何かあるか」

そう言ってフォースはあくびをする。

これからどうするかも決まっていない。ひとまず冒険者ギルドに宿と仕事を紹介してもらうべきだと考えつつ、倉野はフォースに礼を言う。

「ありがとう、フォース。ここまで案内してもらえれば十分だよ。あとは自分でなんとかしてみる」

「そうか。ジェイド将軍たちが会談してるところまで連れていってもいいんだけど、多分忙しくて会えないしな」

「そうだね。終戦処理で大変だろうし、無理に挨拶に行かなくてもいいかな」

倉野がそう返答すると、フォースはニヤリと口角を上げた。

「へぇ、やっぱ、戦争の関係者だったんだな、アンタ」

倉野は硬直した。

やってしまった、と後悔したが遅かった。

「俺は一度も、戦争の話はしていないぜ。イルシュナでもビスタでも、壁を挟んで騒動があった程度の話しか出回ってない。まぁ、ビスタのほうでは町が一つ占領されているから、多少きなくさい情報は流れてっかもしんないけど、それでも戦争になりかけてた、なんて話を知っている者は少ねぇ。なのにアンタは会談しているって話に疑問を持たず、終戦処理と表現した」

「いや、それは、そういう噂があって……」

倉野がなんとかそう言うと、フォースはさらに突っ込んできた。

「俺はあのとき、軍の後方支援を担当していたんだけどよ。とある噂がある。戦争を止めた人間がいる、とな。どこからともなくやって来た人間がジェイド将軍を止め、獣人たちと和解させた、って噂だ」

フォースは、少しずつ話の核心に迫るような話し方をする。

こういう話し方をするのは、大方の答えが出ているときだ。

元の世界でクレーム対応をしていた倉野は、自分の正体が明かされるのかと覚悟した。

だが、フォースはまじまじと倉野の目を見つめ、笑顔を浮かべた。

「なーんてな。あくまで噂だよ。だが、そんな人間がいたらこう言いたいぜ。戦争を止めてくれてありがとうってな」

倉野は詰めていた息を吐いた。

フォースは会話の中に罠を仕掛け、確かに情報を得ていた。だが、これ以上深追いすることはないようである。

軽薄な態度に引っぱられて忘れそうになるが、若くして准将という階級にあるのは伊達ではないようだ。

「ありがとう、フォース。君をちょっと侮っていたよ」

倉野が伝えると、フォースは鼻で笑う。

「ふっ、なんのことだかわかんねーよ。冒険者ギルドに行くんならここでいいよな」

倉野は頷いた。

「うん、冒険者ギルドで宿を紹介してもらうよ」

「そうか。じゃあ、気をつけてな」

そう言いながらフォースは右手を上げた。

「助かったよ、フォース」

離れていくフォースの背中に倉野は礼を言った。

◇

フォースを見送ってから、倉野は冒険者ギルドに足を踏み入れた。

中の構造は、こちらの世界で最初に立ち寄ったルニアの冒険者ギルドと同じだった。

倉野はすぐに受付カウンターへ向かう。

「冒険者ギルドへようこそ。えっと、初めての方ですよね」

受付にいた女性がそう声をかけてくれた。

倉野はすぐさま頷く。

「はい、エスエ帝国のルニアという町で商人として登録した倉野と申します。宿の紹介をしてもらいたいのですが」

「かしこまりました。クラノさんですね……はい、確かにエスエ帝国の冒険者ギルドで登録されていますね」

受付の女性は手元にある水晶を確認しながら言った。

これもルニアの冒険者ギルドにもあったものである。

確か、冒険者の情報を登録して世界中で共有するものだ。

「宿の紹介ですね。この建物の隣に冒険者用の宿舎がありますのでご利用ください」

そう言って受付の女性は優しく微笑む。

その笑顔の眩さに、思わずときめいてしまったが、かろうじて冷静を装った。そして教えてもらった宿舎へ向かった。


一度外に出て宿舎に入ると、また受付がある。

「いらっしゃいませ。宿泊ですか」

女性は近づいてきた倉野にそう尋ねた。

倉野は即座に頷く。

「はい、今から泊まりたいんですが、大丈夫ですか」

「大丈夫ですよ。しかし、まだ昼ですから料金が割増になりますよ」

受付の女性は申し訳なさそうに言った。

わざわざこのような忠告をするということは、割増料金によって揉めたことがあるのだろうか。

お客様対応室時代の自分を思い出し、懐かしい気持ちになった。

倉野は割増料金を了承し、懐から小金貨と銀貨を取り出す。

「いくらですか」

「銀貨五枚です。食事はついていないので、街で食べてきてもらうことになります」

倉野は銀貨五枚を取り出して支払った。

ルニアでは夕食と朝食がついて銀貨四枚だったことを考えれば、確かに割増されている。

「はい、確かに受け取りました。これが部屋の鍵（かぎ）です」

そう言って女性は銀貨と交換で鍵を手渡した。

倉野は教えられた部屋へ向かう。

宿舎二階の一番奥の部屋。そこが倉野に与えられた部屋だった。

部屋に入ると一息つき、ツクネを確認する。

鞄の中を覗くと、ツクネが眠そうに目を開けた。

「クー」

「あ、起こしちゃったか。ツクネ、ご飯を食べに行こうか」

倉野はそう伝えると再び鞄を閉じ、外に出る。

受付を通ると女性が、外出ですかと尋ねてきたので、食事に行くと伝えた。

宿舎を出て町の中心に歩いていく。

これほど大きな町なら食事をするところくらいどこにでもあるだろうと、当てもなく歩いた。

町の大きさに比例して、歩いている人は多い。建物の数も多く、武器や防具、日用品となんでも売っているようである。

「かなり大きい町だな。さて、これからどうするかなぁ」

元々倉野に明確な目的はない。この世界で何をして生きていくかを見つけるために、当てのない旅をしているのだ。

ここからどこに行くかはまだ決まっていない。

そんなことを考えながら歩いていると、いきなり何かが倉野の目の前に転がってきた。

「うわっ」

驚いて思わず声をあげた。

転がってきたのは人だった。

誰かに殴られたかのように顔を腫らした傷だらけの人が足元に転がってきたのである。

「うう……」

その人は呻きにも似た声を漏らしていた。

トラブルの気配がする。

倉野は身構えた。

「助けて、くれ……」

よく見るとその人は三十代前半くらいの男性だった。

男性は縋りつくように倉野の足を掴む。

「どうしたんですか」

見捨てるわけにもいかず、倉野は男性に声をかけた。

男性が倉野に答えようとした瞬間、それを遮るように別の男が現れた。

「おい、ジャグ、いい加減にしろよ。俺だって弱い者いじめがしたいわけじゃねぇんだ。さっさと持っているものを渡せ」

現れた男はボロボロの男、ジャグに詰め寄った。

はいトラブル決定、と倉野は心の中で呟いた。

ジャグはなんとか力を振り絞り、男に言い返す。

「これは、渡せない……このディアマンディだけは……」

すると、男は額に血管を浮き上がらせた。

「そのディアマンディは、我らイルテバーク商会のものだ。それがあればグレイ商会を超えられるんだ」

男はそう言いながら距離を詰める。

そして足を振り上げ、倒れているジャグの顔面を蹴った。

「消し飛べ」

男はそう叫びながら蹴りを入れたが、その足はジャグの顔の手前で停止する。

いや、停止させられた。

ギリギリのタイミングで倉野がスキル『神速』を発動し、自身の右手を男の足とジャグの顔の間に割り込ませたのだ。

スキル『神速』を解除すると同時に、スキル『剛腕』を発動し、足を受け止めていた。

男は何が起きたかわからず倉野を睨めつける。

「なんだお前は。サラー商会の者か」

「いや、ただの通りすがりです」

倉野がそう答えると、男は鼻白んだような顔をした。

「ただの通りすがりのくせになんでそいつを助けるんだ」

「何があったか知りませんけど、もういいでしょう」

「何があったか知らないなら引っ込んでいろ。無駄な正義感は死期を早めるぞ」

そりゃそうだ、と思いながらも、倉野は男とジャグの間に体を割り込ませた。

話から察するに、この男はジャグが持っているディアマンディというものを欲していて、それを奪うために襲った、ということらしい。

周囲に人が集まってきた。

そんな状況でも男は引きそうにない。

「そこを退けよ、通りすがり」

「事情を聞かせてもらえませんかね」

「世の中にはな、知るべきことと知らなくていいことがある。んで、これは知らなくていいことだ」

男はそう言い、倉野の肩を掴んだ。

知りたくないいけど見捨てられないでしょうよ、と思いながら倉野はその手を掴んだ。

全力を出せばこの男くらい簡単に倒せるのだが、詳しい状況がわからない以上、こちらから攻撃できない。

この男のほうに理がある、という可能性もないわけではないし、とにかく今はこの揉め事を止められればいい。

すると、周囲の人を掻き分け、別の男が近づいてきた。

倉野がそちらを見ると、見覚えのある人物だった。

「なんの騒ぎだ、これは」

「ジェイドさん」

倉野は思わずその名を呼んだ。

イルシュナ陸軍大将、ジェイド・ブライトである。

ジェイドは冷静に辺りを見回した。
地面に倒れ込むボロボロのジャグ。それを守るように立っている倉野。そして倉野の肩に掴みか

かっている男。

その周りを人が取り囲み、ジェイドが引き連れてきた兵士も集まってきている。

状況を把握してジェイドはため息をついた。

「はぁ……撤収だ。帰るぞ」

ジェイドは兵士たちにそう言う。

倉野はジェイドを引き止めた。

「ちょっと、待って待って。ジェイドさん？　困ってます。僕、困ってます」

「その男はクラノ殿の相手にはならんだろう」

倉野の肩に掴みかかっている男を指さして、ジェイドはそう言った。

すると男は明らかに不機嫌になった。

「その程度の男って俺のことかよ、軍人さんよぉ」

男がそう言うと、ジェイドは眼光を強めた。

「噛みつく相手を間違えるなよ。貴様はイルテバーク商会のフーリッシュだな。悪評は聞いている。強引に商売敵を黙らせ、その販路や商品を奪うらしいな。私の権限で貴様の身柄を拘束することもできるが、どうする」

男の名はフーリッシュというらしい。

フーリッシュは悔しそうな顔をして、ゆっくり倉野の肩を手放した。

「ちっ、所詮（しょせん）軍人は金と権力の犬だろうが」

そう吐き捨てて、フーリッシュはその場を離れた。

その背中を見送って、倉野は安堵のため息をついた。

「助かりました」

倉野がそう言うと、ジェイドは口角を上げる。

「助かったのは奴のほうだろう。それにしても、クラノ殿は揉め事が好きなのだな」

倉野は心の中で好きじゃないよ、と答えた。

事態が収まったところで、ジェイドは倉野に何があったか問いかけた。

しかし、倉野も詳しい事情はわからない。

「僕もよくわからないんです。いきなりこの人が倒れてきて、さっきのフーリッシュって人が追いかけてきたんです」

そう言って倉野はジャグを指さした。

ジャグは力を振り絞りなんとか立とうとしている。その様子を見て倉野は手を貸した。

「立てますか」

「ありがとうございます。助かりました」

ジャグはそう言いながら倉野の手を掴み立ち上がる。

ジェイドはジャグに再び先ほどの質問をした。

「何があったのか説明してくれ」

「はい、実はこれが原因でして」

そう言いながら、ジャグは懐から石を取り出す。

光の当たり方によって銀にも黒にも見えるその石を、ジャグは大事そうにしていた。これが、先ほどフーリッシュが奪おうとしていたディアマンディなのだろう。

「これは……石。いや何かの原石か」

ジェイドが尋ねると、ジャグは頷き話し始める。

「これはディアマンディです」

そう言われてもわからないよ。と思い、倉野はこっそりスキル『説明』を発動した。

対象はディアマンディである。


【ディアマンディ】

金剛石の別名。永遠の絆(きずな)、不屈(ふくつ)を意味する石であり、この世界においてはどのような物質よりも高い価値を持つ。その原石一つで一生遊んで暮らせる、と言われている。


「つまりダイアモンドか」

倉野は小さな声で呟いた。

それから、ジャグは揉め事の原因について話した。

このルーシアには二つの商会があり、それがフーリッシュが所属しているイルテバークとジャグが所属しているサラー商会だという。

イルテバーク商会とサラー商会は、どちらがこのルーシアの実権を握るかで揉めていた。

イルシュナでは資金力がそのまま権力になる。

つまり、より稼いだほうが権力を持つのだ。

そんな中、サラー商会が偶然ディアマンディを入手した。

これを売ればサラー商会は強大な資金を手にする。それは同時に、サラー商会がルーシアでの実権を握ることを意味していた。

ジャグはこのディアマンディをサラー商会の本部へ運んでいるところだったそうだ。

ジェイドは腕を組みながら問いかける。

「それだけ貴重なものならば護衛をつけるべきだろう。見たところ貴殿は戦闘向きではなさそうだが」

ジャグは頷いた。

「もちろん私はただの商人です。ただ、ディアマンディを手に入れたことはサラー商会でも極秘扱いになっておりました。だから、秘密裏に運べば問題ないのではと」

ジャグはそう言うと自分の顔に触れる。

先ほどフーリッシュに攻撃されたところが痛むようだ。

ジェイドは少し考えてから口を開く。

「極秘としていた情報が漏れた、ということか」

再びジャグは頷いた。

ジェイドはなるほどというような表情を浮かべた。

「金で町の実権を奪い合うという構図は気に喰わんが、目の前の揉め事を見逃すわけにはいかんな。ジャグ殿に護衛をつけよう」

そう言いながら、ジェイドは兵たちを見渡した。

だが、その視線は倉野に着地する。

「それでは頼んだぞ、クラノ殿」

倉野は思いきりため息をついた。

「いやいや、ちょっと待ってくださいよ。これだけいっぱい兵士の方々がいらっしゃるんだから。陸軍が護衛してくださいよ」

倉野が言い返すと、ジェイドはニヤリと口角を上げた。

「貴殿ほどの実力者は引き連れておらんのでな。それに、レオポルト殿から貴殿の話を聞いておる。困っている者を見捨てられない、とな」

倉野は、何を言ってるんですかレオポルトさん、と心の中で不満を呟く。

確かに、先ほどもジャグのことを見捨てられず助けてしまったのだから、間違ってない。

「だとしても、食事に行く途中だったんですよ、僕」

倉野がそう言うと、ジャグが倉野の腕を掴んだ。

「そういうことなら、サラー商会でご馳走させていただきますよ」

「え」

ジャグは商人らしく交渉してきた。

その様子を見ていたジェイドは爽やかな笑顔で言った。

「問題なさそうだな」

「いや、僕の意思は」

「さあ決まった決まった」

どうやら決定したようである。

最後にジェイドはこう言った。

「陸軍がサラー商会を護衛すると国がサラー商会の後ろ盾をしていると勘違いされかねん。そうするとイルテバーク商会が暴動を起こすかもしれんのでな」

なるほど、と倉野は頷く。

ジェイドは、おいそれとどちらかの商会に力を貸すわけにはいかないらしい。

そう言われたら見捨てるわけにもいかないし仕方ないか、と倉野は諦めた。

「わかりました。護衛させていただきます」

倉野が護衛を引き受けると、ジェイドは満足そうな顔をした。

ジェイドは兵たちを引き連れて戻ろうとしたのだが、足を止めもう一度倉野を見た。

「そういえば、レオポルト殿もこの町に滞在しておられる。クラノ殿が来たと伝えておこう。何か困ったことがあれば私を頼ってくれていいし、私の名前を出してもいい」

「ありがとうございます。今、突然護衛を任されて困ってるんですが、助けてく……」

「撤収だ」

ジェイドはそう言って兵を引き連れ去っていった。

あの人は決めたことは押し通すんだな、と理解した。

引き受けた以上、ジャグをサラー商会に送り届けるしかない。

「それじゃあ、行きましょうか」

倉野はジャグにそう言って、歩き始めた。

するとジャグが背後から声をかけてくる。

「あの、こっちです」

ジャグは申し訳なさそうに倉野の進行方向と逆を指さしていた。

倉野は恥ずかしそうに振り返り歩き始めた。

「えっとクラノさんでしたよね」

「あ、はい倉野と申します」

倉野が名乗ると、ジャグは再び名乗り礼を告げた。

「改めまして、サラー商会のジャグと申します。助けていただきありがとうございました。あのままではディアマンディをイルテバーク商会に奪われ、この街の実権を握られていたでしょう。あなたは、私だけではなく、サラー商会の恩人でもあります」

ジャグがそう言うと、倉野は困惑した。

倉野はどちらの味方をするつもりもなく、目の前の困っていた人を助けただけである。

もしかしたら、イルテバーク商会が街の実権を握ったほうが町の人々にとっては幸せかもしれないし、その逆の可能性もある。

そう考えると、深く関わらないほうがいいのかもしれない。

倉野は当たり障りのない返事をする。

「いえいえ、大怪我しなかったみたいで良かったです」

心配になった倉野がそう言うとジャグは再びお礼を言った。

「本当にありがとうございました。本当はイルテバーク商会と対立したいわけじゃないんですけどね」

ジャグの表情を見ていると、何か事情があるように感じた。

気になってしまった倉野はこっそりスキル『説明』を発動した。

対象はイルテバーク商会である。


【イルテバーク商会】

イルシュナ国ルーシアの町を本拠地とする商会。主に武器や防具などを取り扱っており、冒険者を対象に小売業をしている。代表はエクレ・イルテバーク。


なるほど。イルテバーク商会が実権を握れば、この町は冒険者のための町になるだろう。

今までの傾向を考えると、冒険者が多くなればお金が回り経済は潤(うるお)うが、町の治安は悪くなるかもしれない。

そんなことを考えているうちに、大きな建物の前に到着した。

「ここがサラー商会です」

ジャグはそう言って建物を示した。

◇

その建物は商店というよりも倉庫のような見た目をしており、大きな看板が掲げてあった。

倉野には読めない文字が書いてあるが、どうやらサラー商会と書いてあるらしい。

ジャグは倉野を建物の中へ促す。

「ここまでありがとうございました、クラノさん。さぁ、寄っていってください。約束通り食事を用意させましょう」

そういえばそんな話をしていたな、と思いながら倉野は自分のお腹をさすった。

お腹は空腹を訴えてくる。

「本当にいいんですか。護衛といってもすぐそこからですし」

倉野がそう言うと、ジャグは微笑んで答えた。

「それだけじゃないです。先ほども言いましたが、あのままフーリッシュにやられていたら、ディアマンディを奪われていたかもしれない。ぜひ、お礼をさせてください」

よく考えると、ジャグを守った時点でフーリッシュとは敵対している。今さら、関わらないでおこうとしても手遅れではないか。

倉野はジャグの提案通り、食事をいただくことにした。

「それじゃあ。お言葉に甘えて」

「はい！　ぜひぜひ。それでは参りましょう」

嬉しそうにそう言ったジャグはサラー商会の扉を開けた。

中はすべて広いオフィスとなっており、仕切りなどはない。大量の机が規則的に並んでおり、何十人もの人が忙しそうに動いていた。

　こちらの世界に来て初めて見る、会社のような空間。

　倉野は不思議な懐かしさを感じていた。

「かなり忙しそうですね」

　倉野がそう言うと、ジャグは誇らしげに話し始めた。

「そうですね、常に人手不足なんです。我々サラー商会は主に食料や生活用品を販売しております。どれだけ忙しくても、ルーシアの人々の生活を支えているのは自分たちだという誇りを持って働いているんです」

　すると、ジャグに気づいた一人の青年が近づいてきた。

　倉野よりも少し歳下だろうか、二十代半ばくらいの青年だった。

「ジャグ、戻ってきたのか」

「はい、たった今、到着いたしました」

　ジャグはそう言って頭を下げた。

　どうやら青年はジャグよりも立場が上らしい。

　青年は倉野に気づくと軽く会釈をした。

「えっと、こちらは」

　ジャグが慌てて倉野の紹介をする。

「先ほど、イルテバークの者に襲われたのですが、こちらの方に助けていただき、ここまで護衛をしていただいたんです」

倉野はすぐさま自己紹介をした。

「倉野と申します」

「おお、そうだったのですか。私はスタン・サラーと申します。こちらで副代表をしております」

スタンはそう名乗った。

彼はサラー商会代表の息子だろうか。

倉野がそんなことを考えていると、スタンは倉野に礼を言った。

「ジャグを助けていただきありがとうございます。今ジャグはサラー商会の期待を担っているのです」

スタンはそう言って倉野に頭を下げた。

「頭を上げてください。偶然というか、成り行きだったんですから」

「ぜひお礼をさせてください。こちらへ」

スタンはそう言って部屋の奥へ案内する。

その途中で従業員の一人に声をかけた。

「ちょっと、親父を呼んでくれないか。二階の役員室だ」

スタンは倉野とジャグを連れ、二階の役員室に向かう。

部屋の奥にある階段を上り、一番近い部屋の扉を開けた。

役員室だというその部屋にはテーブルがあり、それを囲むように豪華な椅子が並べてある。

「どうぞお掛けください。すぐに代表が参ります」

スタンはそう言って倉野を椅子に座らせた。

そしてすぐに話し始めた。

「ジャグ、クラノさんにはどこまで話してある？」

「イルテバーク商会との対立からディアマンディのことまでお話ししております」

ジャグがそう答えると、スタンは少し考えたあと話し始めた。

「ジャグがここまで連れてきたということは、あなたは信頼できる人物なのでしょう。何があったのか確認してもいいかな、ジャグ」

スタンがそう言うと、ジャグは事情を説明する。

そもそも、このディアマンディはサラー商会が所有している鉱山から発掘されたのだという。

日用品を製造する材料を発掘するための鉱山だそうだ。

その鉱山はルーシアよりもさらに北にあり、ジャグはそこからルーシアのサラー商会本部へ向かっている途中だった。

そこで、対立しているイルテバーク商会のフーリッシュが突然、襲ってきたのである。

そこまで説明したところでスタンが口を挟んだ。

「待ってくれジャグ。襲ってきたのはイルテバークの者なんだな？　それはいつもの言いがかりか」

スタンにそう問われ、ジャグは首を横に振った。

「それがおかしいんですよ。お前の持っているものを寄越せ、と確かにそう言っていたんです」

「つまり、ジャグがディアマンディを持っている、とわかっていて襲ってきたのか」

「はい。そこでこちらのクラノさんに助けていただいたのです」

ジャグがそう言うと、スタンは改めて倉野に頭を下げる。

「本当にありがとうございました」

「いえ、本当にもういいですから。十分感謝していただきましたし」

そう倉野が言うと、スタンは頭を上げてから首を横に振った。

「感謝してもしきれません」

何度もそう言ってくるので、倉野は話を逸（そ）らせようと話題を変える。

「そ、それよりも、なぜフーリッシュはジャグさんを襲ったんでしょうか」

それを聞き、スタンは表情を固まらせた。

と、同時にジャグが頷く。

「そこなんですよ。あれはいつもの言いがかりではなく、確実に目的を持っていました」

倉野の言葉に賛同するように、ジャグはそう言った。

そこで倉野は自分の考えを述べる。

「皆さんの話を聞いていて、そこがおかしいと思ったんですよ。ディアマンディ自体はサラー商会所有の鉱山から発掘され、そのままここに向かってきていたんですよね。そして、その情報は極秘とされていた。ではなぜ、対立しているイルテバーク商会に流れたのでしょうか」

ジャグは再び頷いた。

「そこがわからないんです。鉱山の中でもディアマンディが発掘されたことを知っているのは、私と数名の部下だけ。あと知っているのは、この本部にいた代表と副代表。だが、いったいどこから情報が漏れたのか」

ジャグがそう言うと、スタンは自分の鼻を触りながら口を開く。

「イルテバーク商会は常に我らサラー商会の動向を探っている。そう考えれば、情報を得る方法はいくらでもある」

確かにそう言われればそうだな、と倉野は納得した。

対立している商会同士であれば水面下で情報収集も行われているだろう。

そんな話をしていると役員室の扉が開いた。

「遅くなってすみませんな」

そう言いながら、五十代くらいの男性が役員室に入ってくる。

その男性が入ってくると、スタンとジャグは立ち上がって迎える。

遅れて倉野が立ち上がると、その男性は首を横に振った。

「どうぞ、お掛けください。私はサラー商会代表をしておりますルッツ・サラーと申します。どうやら、うちの従業員を助けていただいたとか」

ルッツはそう言いながら椅子に座る。

ルッツが座ったことを確認してからスタンとジャグも座った。

倉野が自己紹介をし、これまでの経緯をスタンとジャグが説明すると、ルッツは倉野に感謝を伝える。

それほどディアマンディは大切だったのか、とわかるほど感謝した後に、ルッツは話し始めた。

「クラノさんにお礼をしたいのですが、何かお望みはありますか」

「え、いえ、助けたと言っても成り行きでしたので」

倉野がそう返答すると、ジャグが思い出したように口を開く。

「そうだ、食事をご馳走すると約束していたんでした」

「おお、そうか。では、昼食にしよう」

ルッツはそう提案した。

これ以上、商会同士の対立に関わる気はないが、食事をご馳走してもらうくらいはいいか、と頷く。

倉野が了承すると、スタンがすぐにジャグに指示を出した。

「ジャグ。いつもの食堂の席を確保してきてくれ」

「はい、かしこまりました」

指示を受けたジャグはすぐに役員室を出る。

「この近くに美味い飯を出す食堂があるんですよ。ぜひそこで」

スタンはそう言って立ち上がった。

それに続くようにルッツも立ち上がったので、倉野も立ち上がる。


そのまま三人はサラー商会を出て、近くの食堂へと向かった。

昼時だからなのか、食堂は多くの人で賑わっている。

食堂に入ると、様々な食べ物いい匂いが漂ってきた。

「ここの看板メニューは他の店にはないものでしてね。ひき肉を捏ねて焼いたものをオリジナルのソースで煮込んであるのですよ」

ルッツはそう説明しながら倉野を店の奥へと案内する。

店の奥へ行くと、ジャグが席を確保し待っていた。

「代表、こちらです」

「ああ、ありがとうジャグ」

そのまま四人は席に着く。

しばらくすると、食堂の従業員が食事を運んできた。

「煮込みハンバーグだ」

つい、倉野は呟いた。

ルッツの説明を聞いたときからそうではないかと思っていたが、その料理はまさしく煮込みハンバーグだ。

「おや、ご存知でしたかな。これはフリカデレという料理でして、ここの看板メニューなんですよ」

そうルッツが言う。

元の世界の話をするわけにもいかないので、倉野はごまかすことにした。

「あ、いえ、似たような料理が故郷にありまして。好物の一つなので楽しみです」

倉野がそう答えると、ルッツは満足そうに勧める。

「どうぞ、ささ、お食べください」

「はい、それではいただきます」

倉野はそう答え、フリカデレを口に運んだ。

ソースの甘みと肉汁の旨味が口いっぱいに広がる。

ハンバーグによく似た味だが、ハンバーグと比べて野性味が強いように感じた。

「これは……とても美味しいです！　ソースも濃厚ですし、お肉によく合っていて、いくらでも食べられそうです」

そう答えた倉野の言葉を聞き、ルッツ満足そうである。

「それはよかった。それでは、私たちもいただこう」

ルッツがそう言うと、合わせるようにスタンとジャグもフリカデレを食べ始めた。

しばらく何気ない会話をしながら食事をしていると、倉野たちが座っている席に向かって誰かが走ってくる。

「代表！」

走ってきた男性は慌ててルッツに話しかける。

どうやらサラー商会の従業員らしい。

「どうした。ずいぶん慌てているが」

フリカデレを食べる手を止め、ルッツは男性に問いかける。

男性は息を整えてから答えた。

「イルテバーク商会が、ビスタ国からのスパイス輸入を取りつけたそうです」

ルッツたちの表情が曇る。

「それは本当か」

スタンが男性に尋ねると、男性は強く頷いた。

「おそらく間違いないと思います。契約書の写しが本部に送られてきまして……」

「本部に？　誰が送ってきたんだ」

再びスタンが問いかけると、男性は懐から羊皮紙のようなものを取り出し答える。

「送り元はわかりませんが、この写しは本物だと思います。サインや割印も本物ですし」

男性はそう言いながら羊皮紙を広げる。

それには倉野の読めない文字が並んでいたが、なんとなく契約書であることはわかった。

ルッツとスタンはしばらくその契約書に目を通してから、ため息をつく。

「……やられたな」

肩を落としながらルッツは言った。

「どうしたんですか」

何があったのか理解していない倉野が尋ねると、スタンが説明を始める。

「我々サラー商会も、ビスタ国にスパイスの輸入を打診していたんですよ。だが、ビスタ国はなかなかいい返事をしてくれなかったんです。そのため、イルシュナに入ってくるスパイスはごくわずかな量だけ。必然的にその値段は跳ね上がるんです。そうですね、今だと金と同じ重さで取引されています」

「金って、金ですか？　あの金と」

驚きのあまり、倉野が聞き返す。

元の世界でスパイスは当たり前のように存在していた。それこそ、コンビニでも購入可能なので、二十四時間いつでも手に入る。それもお手頃価格で、だ。

倉野が驚いていると、スタンはさらに説明を続ける。

「この契約書によると、かなり安価な値段でイルテバークはスパイスを手に入れることになっています。そして、ビスタ国はイルテバーク商会にのみ輸出する、としており、輸出量の制限がない……」

スタンがそう言うと、ルッツは表情を曇らせたまま頷いた。

「ああ、そこが問題だ。イルテバークのみが輸入をし、量の制限がないということは、その市場価格をイルテバークが握るということ。つまり、イルテバークが莫大な利益を得る」

ルッツはそう言って肩を落とした。

先ほどまで、サラー商会はディアマンディにより莫大な利益を得て、この町の実権を手にしようとしていた。

だが、イルテバーク商会もまたスパイスにより莫大な利益を得るというのだ。

「これでは、ディアマンディによる利益でイルテバークを突き放すことができなくなる」

スタンがそう言うと、ルッツは表情の曇りを取り払うように首を横に振る。

「いや、ディアマンディがなければ、イルテバークが一方的に利益を上げていたんだ。とりあえず今は良かったと思おう。クラノさん、申し訳ないが、忙しくなりそうなので失礼してもよろしいか」

ルッツにそう言われ、倉野は慌てて頷いた。

「はい、大丈夫ですよ」

「ここの支払いはしておきますので。それでは」

そう言ってルッツは席を立ち、店を出ていった。

「それでは私も」

ルッツについていくようにスタンとジャグも立ち上がった。そして、二人とも倉野に礼を言うと、そのまま店を出る。

取り残された倉野は、先ほどの会話の中に違和感を覚えていた。

「送り元のわからない契約書……極秘の情報が漏れる……」

サラー商会とイルテバーク商会の極秘情報がお互いに漏れている、ということ。

そこに、何かの思惑のようなものを想像させられた。だが、深く関わることでもないなと思い直し、倉野は疑念を呑み込むのだった。

◇

食事を終えた倉野は食堂で干し肉を購入し、ツクネの昼食とした。

そうしてそのまま食堂を出て、とりあえず宿に戻ろうと歩き始める。

来た道を戻るように進んでいると、背後から声をかけられた。

「クラノ様ではありませんか」

その声に反応して振り向くと、燕尾服を着た兎耳の男性がそこに立っている。

端整な顔立ちに似つかわしくない黒の兎耳、そして全身からは凛とした空気を放っている、そんな彼は倉野を呼び止めると歩み寄ってきた。

「ジュドーさん」

倉野は、その名前を呼んだ。

彼の名前はジュドー・カポネ。ビスタ国の外交官・レオポルトの秘書だ。

レオポルトがこのルーシアにいるのだから、秘書であるジュドーがいても不思議はない。

「クラノ様もこちらに来ていたのですね」

「はい、イルシュナ軍の兵士の方に案内されて、ですけど」

倉野がそう答えると、ジュドーは首を傾げる。

「何か目的があったのですか」

「いえ、目的はないんですが、この町が安全だからとオススメされまして」

「なるほど。確かに今ここの地には、イルシュナの軍事責任者、グレイ商会の代表、ビスタ国の代表等が集まっているため、警備が厳重ですからね。今、この町で揉め事が起きて巻き込まれるなんことはなかなか起こりえないでしょうし……巻き込まれるとしたら、よほどの不運でしょうね」

巻き込まれましたけどね、と心で呟きながら倉野は乾いた笑みを浮かべた。

「ハハハ」

「ところで、クラノ様。先ほど目的はないとおっしゃりましたが、これから先はどうなさるのですか」

ジュドーにそう問いかけられ、倉野は少し考えてから答える。

「そうですね。そもそも世界中を見てみようと思っていたので、旅を続けようかと」

「そうですか。もし急ぐ旅でないのなら、ぜひレオポルト様に会っていかれませんか」

ジュドーに言われ、倉野は驚く。

「いいんですか？　今、忙しくて会えないんじゃないかと思っていました」

「確かに、イルシュナ側と話し合うべきこと、決めるべきことが多く、外交官であるレオポルト様は多忙の身。……それに、今回の一件を解決したのも世間的にはレオポルト様、となっておりますのでなおさらです。ですが、クラノ様は我が国の恩人でございます。せっかく同じ町にいるのですから、食事くらいはご一緒したいではありませんか」

ジュドーはそう言うと、兎耳をピクピクと動かした。

どうやら、感情と兎耳の動きはリンクしているようだ。

ジュドーの提案を受け、倉野は喜んでそれを了承する。

「そう言ってもらえるのならぜひ会いたいです。でも本当に大丈夫ですか。時間を作るの大変なんじゃ……」

「任せてください。このジュドー・カポネ、レオポルト様の秘書でございます。それくらいできなくてどうしますか」

そう言い放つジュドーの表情は自信満々だった。

その後、倉野は自分が泊まっている宿を教え、ジュドーと別れる。

「では、夕食時にお迎えにあがります」

ジュドーはそう言い残し、去っていった。

その背中を見送った倉野は再び宿に向かって歩く。

宿に着いた倉野は、自室でひと休みしながらこの町で起きたことを思い出していた。

イルシュナ国陸軍准将のフォースに案内され、このルーシアにたどり着き、宿を取った。

食事がついていないため外で食事を取ろうと外出すると、フーリッシュに襲われているジャグと出会った。

ジャグはサラー商会に所属しており、フーリッシュはイルテバーク商会に所属している。

サラー商会とイルテバーク商会は対立しており、より利益を上げたほうがルーシアの実権を握ることができるらしい。

そして、サラー商会はディアマンディという莫大な利益をもたらすものを手に入れていた。それはダイアモンドの原石で、とてつもない価値を持っている。

フーリッシュは、ジャグの持っているディアマンディを奪うためにジャグを襲った。

そこに偶然通りかかったのが倉野。そうして彼がジャグを助けたところ、フーリッシュは倉野に敵意を表した。

そのとき、イルシュナ国陸軍大将であるジェイドが現れ、揉め事を収めてくれた。

とはいえその場の流れで、倉野はジャグの護衛をすることになった。

そんなこんなで、サラー商会の本部へジャグと一緒に向かう。

そこで出会ったのが、サラー商会の代表ルッツと、その息子である副代表スタン。

経緯を話すと、倉野は大いに感謝された。お礼として食事をご馳走になることとなり、ハンバーグに似たフリカデレという食べ物を口にする。

そこへ、サラー商会の従業員がやって来た。

従業員は、イルテバーク商会がスパイス輸入の契約を取りつけたという。

現在スパイスはごくわずかな量しか手に入らず、その価値は金に匹敵する。つまり、この契約によってイルテバーク商会は莫大な利益を得ることになるのだ。

ディアマンディを得たサラー商会、スパイス輸入の権利を得たイルテバーク商会。対立する商会の動向によって、この町はどうなっていくのか……。

回想する倉野の頭の片隅に、腑に落ちない二つのことが残っていた。

極秘とされていたディアマンディの情報がイルテバーク商会に漏れていたこと。そして、送り主不明でサラー商会に届いた、スパイス輸入の契約書の写し。

あれこれ思案していると、倉野はいつの間にか眠ってしまっていた。

◇

「お迎えにあがりました」

扉を叩く音と同時に、声が響いてくる。

それに反応した倉野は目を覚ました。

眠てしまっていたのか、と自分の状況を確認しながら起き上がる。

部屋の扉を開けると、ジュドーが立っていた。

「そろそろいい時間かと思いましてお迎えにあがりましたが、早かったでしょうか」

ジュドーにそう問われ、倉野は首を横に振る。

「いえ、ただ、少しウトウトしていたみたいです。もうレオポルトさんは大丈夫なんですか」

「はい。現在、来客がありますが、その後は何も予定がありませんので、クラノ様との食事を、と伝えてあります」

ジュドーはそう言うと、そのまま振り返って宿を出ていった。

それについていく倉野。

そのまま二人は、レオポルトが泊まっているという宿へと向かった。


しばらく歩いてたどり着いた宿は、倉野が泊まっている宿よりも明らかに豪華だった。大きさもさることながら、装飾、造り、どれをとっても高級感が漂っている。

「なんですか、この豪華な建物は」

倉野が尋ねると、ジュドーは誇らしげに答える。

「ルーシアで最も高級な宿です。レオポルト様はビスタ国の代表ですので、当然の待遇でございます」

「もはや城ですよ、こんなの」

その豪華さに目を奪われながら宿に入っていく。

中も高級感があり、従業員も豪華なスーツに身を包んでいた。

まさに高級ホテルといった感じである。

受付の従業員はジュドーの姿を確認すると、中に入るのをそのまま見送った。顔パスということだろう。

そのままジュドーは階段を上がり、二階の一番奥の部屋へと向かう。

「こちらです。どうぞ」

そう言いながらジュドーはその部屋の扉を開く。

扉を開けてすぐのところに、レオポルトが背中を向けて立っていた。

どうやら先ほどジュドーが言っていた来客がまだ帰っていないらしい。レオポルトと向かい合うように、四十代くらいの男性と二十代くらいの女性が立っている。

扉が開いたことに気づいていないレオポルトはその二人と話を続ける。

「その話は持ち帰らせていただくとしよう。ワシの知らぬ話だったものでな」

レオポルトがそう言うと、向かい合っていた男性が微笑んで頷いた。

「かしこまりました。どうぞ本国の方々にもよろしくお伝えください。それでは私たちはこれで」

男性はそう言って部屋を出ようとする。

男性は倉野たちに気づく。

「おや、他に来客ですかな」

男性がそう言うと、レオポルトも扉のほうを見る。

「おお、クラノじゃないか。すまないが、来客中でな。少し待っていてくれ。この方々を見送ってくる」

「はい、僕は大丈夫ですから」

倉野がそう言うと、レオポルトは男性たちを外へと促した。

「では参りましょう、イルテバーク殿」

イルテバークと呼ばれた男性はレオポルトについていくように部屋を出て、一緒にいた女性はさらにその後ろをついていった。

レオポルトたちが出ていくと、ジュドーが倉野を部屋の奥へ案内する。

「クラノ様、こちらへどうぞ。こちらに座ってお待ちください」

ジュドーの指示に従い、部屋の奥にあるソファに座る倉野。

座ってから、倉野は先ほどの男性について考えていた。

レオポルトは彼をこう呼んだ。

イルテバーク、と。

言うまでもなく、イルテバーク商会と無関係ではないだろう。

そんなふうに考えながらしばらく待っていると、レオポルトが帰ってきた。

「待たせてしまったな」

「いえ、仕事でしょうから」

倉野はそう答える。

改めて倉野の顔を見たレオポルトは嬉しそうに笑った。

「元気そうだな、クラノ」

「レオポルトさんこそ元気そうですね」

「ああ、おかげさまでな。お前さんがこの町に来るんじゃないかと待っていたんだ」

そう言いながら、レオポルトは倉野の向かいに座る。

せっかく会えたのだから、話したいことはいくらでもあった。だが、一つどうしてもレオポルトに聞きたいことが倉野にはある。

「先ほどの方々は、もしかしてイルテバーク商会の人たちですか」

倉野がそう問いかけると、レオポルトは一瞬表情を固まらせ、口角を上げた。

「ああ、その通りだ。彼はイルテバーク商会の代表、ポルタ・イルテバーク。隣にいたのはその娘だ。お前さんはこの町に来たばかりだと聞いていたが……早速、何かに巻き込まれているようだな」

相変わらず鋭すぎて気持ちが悪いな、と思う倉野。

この町の問題にはできるだけ関わらないでおこうとしているのだが、やはり気になってしまう。

そんな矛盾した気持ちを抱えつつ、倉野はレオポルトに問いかける。

「……スパイス輸入の話ですよね」

レオポルトとジュドーは明らかに驚いた顔をする。

レオポルトは少し考えてから、納得したように口を開く。

「それは、お前さんのスキルで知ったのか？　確か『説明』とか言ったな」

倉野は首を横に振る。

「いや、事情がありまして、イルテバーク商会と対立しているサラー商会の方々と一緒にいたんです。そのときに、スパイス輸入の話を聞きました」

「なるほどな」

レオポルトはそう言って頷くが、隣にいたジュドーは納得できないという顔をしていた。

「それはおかしいですね」

「どうした、ジュドー」

レオポルトがそう問いかけると、ジュドーは自分の顎を触りながら答える。

「スパイス輸入の話は極秘とされているはずです。私が知る限り、輸入の話はビスタ国の担当とイルテバーク商会の代表のみで話している。そのため、レオポルト様ですら、その契約を知らなかったでしょう」

確かに先ほどレオポルトは、ワシの知らぬ話だったと言っていた。

そのことを倉野が思い出していると、ジュドーは話を進める。

「極秘にされているのには理由があります。まず、今後スパイスが大量に入ってくると知られれば、一気にスパイスの値段が下がり、イルシュナ内で混乱が起きるということ。また、現段階でイルテバーク商会の独占輸入だと知られれば、対立しているサラー商会だけでなく、イルシュナ国内すべての商会が怒り出す可能性がある。そのため輸入の話を知っているのは、ビスタ国内にいる担当とレオポルト様、そして秘書である私と、イルテバーク商会の代表とその娘のみ……だったはずです」

ジュドーの説明を聞き、レオポルトは納得したように頷いた。

「確かにその通りだ。それがなぜ、対立している商会に漏れているんだ」

「契約書の写しが送られてきたんです。送り元は不明だそうですが……」

倉野がそう言うと、レオポルトは少し考えてから口を開く。

「ふむ……そもそも、どうしてイルテバーク商会にのみスパイスを輸出することになったんだ」

レオポルトにそう問いかけられ、ジュドーはすぐに答えた。

「どうやら、交換条件があったようです。ビスタ国としては武力を整えたい、そこでイルテバーク商会は安定した武器の輸出を約束したとか。その見返りとしてスパイスの輸出を決めた、ということです」

お互いに欲しいものがあり、条件が合ったということらしい。

ジュドーの説明を聞き、レオポルトは腕を組み始めた。

「何か臭(くさ)くなってきたな。お前さんもその臭(にお)いを感じておるのだろう、クラノ」

レオポルトにそう言われ、倉野は頷く。

しかし、レオポルトはどこか楽しんでいるように見えた。

倉野はレオポルトに自分の感じている違和感について話そうとしたが、その前にジュドーが口を開く。

「詳しいお話は食事をしながらにいたしませんか。予約してあるもので」

「ああ、そうしよう」

そうレオポルトは答えた。


しばらくして、宿の従業員が三人分の食事を運んでくる。

明らかに豪華な食事は、机にところ狭しと並べられ、その周りに倉野、レオポルト、ジュドーは座った。

全員が座ると、レオポルトが話し始める。

「とりあえず食べるとしよう」

レオポルトの合図で、三人は食事を始めた。

レオポルトは先ほどの話を続ける。

「クラノ、お前さんがイルテバーク商会を気にした理由はなんだ」

倉野は口に中のものを呑み込んでから答える。

「はっきりした理由とかはないんですけど、なんか違和感があるんですよね」

「送り元不明の契約書の写し、極秘情報の漏洩(ろうえい)……ですか」

ジュドーは倉野に尋ねた。

頷きながら倉野は答える。

「はい。そんなに情報って漏れるものなのかなって。それも、お互いに漏れたのは莫大な利益を得る、という情報なんです」

倉野の言葉を聞き、レオポルトは少し考えてから水を飲んだ。

「そうだな……お互いに密偵のような者を潜り込ませているのかもしれん」

レオポルトがそう言うとジュドーは頷き、話し始める。

「確かにそうかもしれませんね。ただ、それはよくあることです。レオポルト様もご存知かとは思いますが、商いにおいて情報とは武力……いえそれ以上の価値を持っています。情報収集をしているのは当然かと」

確かにそれは商売に限らず、競い合っているならば情報収集もするだろう。

だがだとするならば、契約書の写しが送り元不明になっているのはなぜなのか。

そう考えを巡らせる倉野を見て、レオポルトが口を開く。

「送り元不明の契約書か……考えられることは、密偵の存在を知られないために不明にしている、ということか」

倉野はその意見に違和感を覚え、契約書の写しがルッツたちに届けられたときの状況を思い起こした。

賑わっている食堂で、それほど周囲を気にせずに話をしていた。

密偵から送られてきたとするならば、もっと密やかに話をするのではないだろうか。

人の多い食堂でする話ではないはず。

倉野がそのことを話すと、レオポルトは頷く。

「そうだな。密偵を使っているならば、そのような話を人の多い場所でするわけがない。従業員にその話を聞かせることすらしないだろうからな。それにしてもクラノ、お前さん、だいぶ気になっておるようだな」

改めて、このややこしい問題に興味を引かれていることに気づく倉野。トラブルに関わりたくないと思っている反面……漂う違和感を見過ごせないのだ。

そんな倉野の様子を見て、レオポルトは肉を口へ運んでから口角を上げる。

「それほど気になっているのなら、使えばいいじゃないか、スキル『説明』を……」

倉野は食事の手を止めた。

確かにスキル『説明』を使えば、事件のすべてが判明する。

だが、知ってしまえば、どうしたって関わることになってしまう。

見て見ぬ振りができない自分の性格を、倉野は知っていた。

レオポルトは笑みを浮かべる。

「難儀(なんぎ)な性格をしてるな、お前さん。気になるくせに巻き込まれたくなくて、巻き込まれたくないくせに見て見ぬ振りができない……もっと楽に生きたらどうだ」

できるものならそうしたいよ。

そう思いながら倉野は苦笑する。

すると、倉野とレオポルトの話を聞いていたジュドーが首を傾げた。

「お二人のお話を聞いていると、クラノ様が一連の違和感について答えを知るすべを持っている、というふうに聞こえるのですが……」

「だから、そう言っておる」

断言するレオポルトに、珍しくジュドーは動揺を見せる。

「なんですか、それ。魔法で、ですか？」

ジュドーが問いかけると、レオポルトは食事を進めながら答える。

「スキルだ。そういえばクラノは魔法を使えないようだったな。魔法の代わりに、破格な性能を持ったスキルを所持している、というところか」

レオポルトに言い当てられ、倉野は一瞬手を止めた。

だが、元々レオポルトには隠しきれるとは思っていない。倉野は、自分について話す覚悟を決めた。

「……その通りです。僕は……異世界から来たんです」

「……は？」

倉野の言葉を聞いたジュドーは文字通り言葉を失っていた。その一方でレオポルトは何事もなかったように食事を続けている。

「だろうな。そこまでは想像がついていた」

「でしょうね。そうだと思いましたよ」

レオポルトに負けじと倉野は言い返した。

倉野も、レオポルトのこれまでの発言から、薄々自分の正体を知られているのではないかと思っていたのだ。

そんなわけで、この人になら話しても大丈夫だと判断したというのもある。

二人のやりとりに、ジュドーが口を挟む。

「未だ信じられないのですが、まとめさせていただくと、クラノ様は異世界からやって来た方。そのため魔法は使えない。しかし、それを補うように破格の性能のスキルを所持しており、それを使えば一連の騒動の真相がわかる。しかし、クラノ様の性格上、真相を知ってしまうとどうしても関わってしまうので、それを避けていると……」

ジュドーの話を聞き、倉野は観念したように頷く。

「まぁ、そんな感じです」

「気にせずに答えだけ知ればいいではないか」

食事を続けながらレオポルトはそう言ってのけた。

それができたら今までも戦いに巻き込まれてないんだよな、と再び苦笑する倉野。

ジュドーは驚きの表情を保ったまま話を続ける。

「それをレオポルト様は知っており、クラノ様は知られていることに気づいていた、ということですか」

「そうなるな」

ジュドーが慌てたように問う。

「レオポルト様、なぜ教えてくれなかったのですか」

「クラノが話したそうにしていなかったのでな。ジュドー、この場以外でこの話をすることは禁止とするぞ」

「禁止されずともできませんよ、こんな話。心を病んだと思われます」

ジュドーはそう言ってため息をついた。

異世界から来たなんて荒唐無稽な話をすぐに信じられるわけがない。だが、ジュドーがそれを受け入れているのは、レオポルトへの信頼あってのことだった。

ジュドーは少し考えてから、倉野に尋ねる。

「クラノ様は真実を知ってしまい、そこに悪意があれば見て見ぬ振りができない、ということで悩んでらっしゃるのですよね」

「はい、その通りです」

倉野がそう答えると、ジュドーはレオポルトを指さした。

「同じような性格をしている人がそこにいますよ。今でしたらなすりつけることが可能かと」

「おいおい、ジュドーよ」

「レオポルト様も知りたいでしょう」

ジュドーがそう言うと、レオポルトは諦めたようにため息をつく。

そうか、自分一人で受け止める必要がないのか。倉野はそう考え、少し気持ちが軽くなったように感じた。

「ここまで知ってしまったら答えを知りたいのは当然だろう。実は大したことない事実が出てくるかもれんしな」

倉野に向かってそう言うレオポルト。

倉野は頷き、スキル『説明』を発動する。

「わかりました。何か出てきたら、レオポルトさんに任せますからね。スキル『説明』発動……対象は……スパイス輸入契約書の写しを送った人物」

そう倉野が唱えると、目の前にパソコン画面のようなものが現れた。

そこには、質問に対する答えが映し出されている。

早速映し出された名前を倉野が読み上げると、レオポルトとジュドーは信じられない、といった表情を浮かべた。

「クラノ様、これは本当ですか」

不審げに問いかけるジュドー。

それに対して、レオポルトはスキル『説明』の正確さを知っていた。

「間違いないわい。このスキルは正確だ。だが、この人物が契約書をサラー商会に送ったとするならば、目的は……」

レオポルトが考えをまとめながらそう口にする。

そして、その言葉の先を読むように、倉野が口を開いた。

「目的は、イルテバーク商会の不利益。スパイス輸入の情報を流し、混乱させ、この輸入をなかったことにするためでしょうか」

倉野の言葉を聞き、レオポルトとジュドーは同時に頷く。

スキル『説明』で出てきたのが、二人も予測していなかった人物の名前だったため、流石に驚いている様子だ。

「何が出てくるのかと思ったら、とんでもない名前が出てきてしまったな……だとするならば、サラー商会がディアマンディを手にしたという情報はどこから漏れたんだ」

レオポルトはそう言って、次の疑問に話を移した。

その言葉を聞き、倉野は再びスキルを発動させる。

「スキル『説明』発動。対象は、サラー商会がディアマンディを入手した情報を外部に漏らした人物」

再び画面が現れ、一人の名前が映し出された。

倉野が読み上げると、レオポルトは自分の顎を触り始める。

「ふむ……おかしなことが起きとるのう」

続いてジュドーも首を傾げた。

「これって、つまり、お互いに……いや、だとするならば目的はなんでしょうか。利益につながるとは思えないのですが……」

ジュドーの言葉を聞いた倉野の頭には、ある仮説が浮かんでいた。

仮説というには乱暴な妄想かもしれない。だが、そのように考えれば、このおかしな一連の出来事も説明がつく。

そう思った倉野は、もう一度スキル『説明』を発動させる。

「スキル『説明』発動……対象は……」

倉野が説明で示した結果を読み上げると、レオポルトは納得がいったように笑みを浮かべる。

「そういうことだったのか。ある種、とんでもない事実だがな」

「ええ。しかしレオポルト様、この事実、闇に葬るよりも明かしてしまったほうが得策かと」

そうジュドーはレオポルトに進言した。

レオポルトは頷いてから口を開く。

「クラノ、これは見て見ぬ振りできまい。ワシの立場としてはこの情報、有効利用したいのだが、良いか」

「有効利用ですか？　それってレオポルトさんの立場関係ないんじゃないですか」

「いや、そんなことはない。この町を平和にすれば、イルシュナとビスタ国の関係もより良いものになるだろう。貿易に関しても国交に関しても、な」

倉野は、なるほどと頷いた。

「なるほど、それが一番良いならそうしましょう」

レオポルトはすぐにジュドーに指示を出す。

「ジュドー、すぐにジェイド将軍に連絡を取れ。あとはサラー商会、イルテバーク商会にもだ」

「かしこまりました」

「そうだな、明日の朝食後にでも時間を作ってもらうようにしよう。謎解きは朝食のあとで、だ」

そう言ってレオポルトは口角を上げた。

◇

倉野とレオポルトたちが食事をした翌日。

レオポルトの提案通り、朝食後に彼らは集められていた。

イルシュナ国陸軍大将ジェイド・ブライト。

サラー商会代表ルッツ・サラー。

その息子、スタン・サラー。

サラー商会と対立しているイルテバーク商会代表、ポルタ・イルテバーク。

その娘、ライラ・イルテバーク。


そこに倉野とレオポルト、ジュドーを合わせた八人がレオポルトの部屋に集合している。

集合の指示をしたのはレオポルトだ。

「これはなんの冗談ですかな、レオポルト殿」

昨夜、レオポルトに会いに来ていたポルタがそう不満そうに言い放つ。

それもそうだろう。自分が代表をしているイルテバーク商会と敵対するサラー商会の代表が同じ部屋に集められたのだ。居心地がいいはずもない。

そんなポルタに対して、サラー商会代表のルッツが馬鹿にするように口を開く。

「おやおや、イルテバークの代表は器が小さいのだな。えらく不機嫌なようだが」

「うるさいぞ、サラー。ちまちまと食べ物を売るだけの男に器がどうと言われたくないな」

「武器を売るだけのお前にはわかるまい。食料こそがこの町を支えているのだ」

「馬鹿め、人間は食うだけでは生きていけんだろう。この町の平和を守っているのは剣だ。我々イルテバーク商会のな」

ルッツとポルタが言い争っていると、ジェイドが大きなため息をついた。

「まったく、何を子供のように言い争っておられるのか。同じイルシュナの人間として情けない限りだ」

ルッツとポルタは互いに目を逸した。

やっぱりこうなるか、と倉野は心の中で呟いた。

敵対しているルッツとポルタ。そこに、商会同士で町の実権を奪い合うことをよく思っていないジェイドが集まれば、こうなることは予測できた。

しかし、ここにいる全員を集めなければ話を進めることができない。

レオポルトは全員の間に割って入るように口を開いた。

「この部屋は、一時的にワシの管理下に置かれている。ここでの言い争いは控えていただきたい。今いる者を集めたのは、どうしても必要であったからなのだ」

ジェイドは首を傾げる。

「商会の代表と軍人である私が必要とは、どのようなお話ですか」

「ふむ、まずは順を追って話をしよう」

レオポルトはそう言ってからジュドーに目で合図をした。

合図を受けたジュドーは頷き、話を始める。

「私、レオポルト様の秘書、ジュドーと申します。僭越ながらお話しさせていただきますが、今ルーシアの町で必要のない争いが起こっている、というお話でございます」

ジュドーの言葉を聞き、ポルタはルッツを指さした。

「それはあれだろう。サラーの者がディアマンディを偶然発掘し、金に任せてこの町の実権を握ろうとしているからだろう」

そう言われたルッツは言い返す。

「なんだと。貴様らイルテバークこそ、水面下でスパイスの輸入を進めているであろう」

再び言い争う二人に、ジェイドは呆れた顔をしてから口を開く。

「これこそ、必要のない争いではないか。イルシュナは商売で大きくなった国。故に、売り上げを上げ税金として国に利益をもたらす商会には、ある程度の権利は認められている。しかしそれは町の支配を意味しているわけではない。資金力で町の実権を奪い合う争いなど褒められたものではありませんな」

すると、ポルタが反論する。

「そうは言っても、この国も町も陸軍さえも税金によって運営されているでしょう。つまり我々商人が支えているのです。その商人の代表が町を導くことは自然でしょう」

ポルタの意見をジェイドは鼻で笑い、言い返した。

「ずいぶんと不遜な言い方をされるのだな」

そんな様子を見ていたレオポルトが、呆れたように口を挟む。

「これこそ不要な争いだと言っているのだがな」

そしてレオポルトは再び話を続けた。

「この国で起きていることに首を突っ込む気はなかったのだが、ビスタ国も関係する話になってしまっている。それについて聞いていただきたく全員に集まっていただいた」

「それは私も関係するということでしょうか？」

レオポルトの話に、ジェイドが問いかける。

軍人であるジェイドが関係する話となれば、犯罪や紛争の可能性すら出てくるだろう。それにより事の大きさは変わってくる。

ジェイドの問いに対して、レオポルトは真剣な表情で答えた。

「話の終着点に、ジェイド将軍の力が必要になるものでしてな。ひとまず聞いていただきたい」

そうレオポルトが伝えると、ジェイドは頷き、話を聞くために黙る。

ルッツたちも静かにレオポルトの話を待っていた。

全員が話を聞く態勢になったことを確認し、レオポルトは話し始める。

「前置きが長くなってしまい申し訳ない。必要のない争いというわかりにくい表現ではなく、端的にお話しさせていただこう。イルテバーク商会とビスタ国の間で、スパイスの売買契約を結んだようなのだ。ワシはスパイスの輸出を担当しておらず知らなかったのだが、スパイスの見返りに我が国は安定した武器の輸入を条件にしているらしい。それを叶えることが可能なイルテバーク商会がスパイス輸入を独占したということだ」

ジェイドの表情が少し曇った。

他国の軍事が潤うという話は軍人として聞き流せないのだろう。

だが、言葉にはぜずに聞いていた。

ジェイドが自分の言葉を押し殺していると、ルッツが口を挟む。

「イルテバークは武器を他国に流して利益を得るというのか」

まるで売国奴であると言わんばかりに語調を強めるルッツ。

イルテバーク商会の代表ポルタは、眉間にシワを寄せて睨み返した。

そんな二人を置いて、レオポルトは話を進める。

「スパイスの輸出と武器の輸入に関してはお互いに利益のあることだ。ビスタ国の軍事には無関係なワシだが、政治的な思惑がお互いにあることは間違いないと考えている。しかし、それは問題ではないのだ」

レオポルトがそう言うと、ジェイドが首を傾げた。

「では、何が問題だとおっしゃられるのか」

「ジェイド将軍。この話を事前に聞いていたならば、どうされただろうか」

レオポルトが問いかけると、ジェイドは少し悩んでから答える。

「このようなことをレオポルト殿の前で言うべきではないだろうが、武力の流出は防いでいただろう」

「その通りだ。国のことを考えるならば、他国に大量の武器が流れるのは見過ごせないだろうな」

ジェイドに賛同するようにレオポルトはそう言った。

さらにジェイドは言葉を続ける。

「それで、問題というのはなんだろうか」

「この交換貿易の契約がここまで進んだのは、それが秘密裏に行われていたからだ。ジェイド将軍の耳にも入らずにな。しかし、この情報が漏れていたんだ。それもイルテバーク商会と敵対しているサラー商会にだ」

そうレオポルトが言うと、ポルタがルッツのほうを睨んだ。

睨まれたルッツは得意げな表情を見せる。

反応を見る限り、ポルタは情報が漏れていたことを知らないのだろう。

するとジェイドが再び口を挟んだ。

「軍にも入ってきていない情報をサラー商会が掴んでいるとおっしゃるのか。確かにそれはおかしな話だ」

ジェイドがそう言うと、賛同するようにポルタが口を開いた。

「ふん、それはサラー商会が卑怯にも密偵を使っているからだろう。我が商会に何者かを忍び込ませているんだろうが」

ポルタの言葉に、レオポルトが首を横に振る。

「イルテバーク殿、それはないだろう。昨夜、貴殿はワシにこう言った。極秘に進めているため、イルテバーク商会内でも貴殿と令嬢しか知らない話だと」

レオポルトにそう言われたポルタは、そういえばそうだ、という表情を浮かべ黙った。

その様子を見てジェイドが口を開く。

「それではなおさらだ。いったいどのようにサラー商会は情報を手に入れたのでしょう」

ジェイドはルッツのほうを見る。

ルッツは答えたくない、というように黙っている。

どこから情報を手に入れたのか、という情報すら簡単には漏らせないということなのだろうか。

ルッツが黙っていると、倉野が口を開いた。

「ルッツさん、必要な話ですのでお話しいただけませんか。僕は知っていますし」

「クラノさん……そうですね。内密にできていない以上、隠しても意味がないでしょう。我々の本部にスパイス契約の書類の写しが送られてきたのです。送り主不明でね」

ルッツの言葉を聞き、ポルタは驚きの声を漏らす。

「なんだとっ！　いったいどこから漏れたというのだ」

レオポルトは話を進めた。

「送り主不明の情報漏洩。我々は独自の調査によりその送り主を突き止めているのだ」

独自の調査って、スキル『説明』だけど、と倉野は心の中で呟いた。

するとー人驚きの声を漏らす。

「え……」

倉野はその声のほうに視線を送った。

その視線はポルタの娘、ライラの視線とぶつかる。

視線を感じたライラは口元を押さえながら平静を装った。

レオポルトの話に対して、ポルタはさらなる説明を求める。

「ライラが驚くのも無理はない。情報漏洩の犯人がわかっているのなら教えてくだされ、レオポルト殿」

するとレオポルトは一呼吸置いて話を始めた。

「その話は少し待っていただこう。それと同時にもう一つの事件が起きていたのだ」

レオポルトがそう言うと、ジェイドが口を挟む。

「もう一つの事件とはなんでしょうか」

「その事件にはジェイド将軍、貴殿も絡んだと聞いております」

そうレオポルトに言われ、ジェイドはすぐさま思い出し答えた。

「昨日のことですかな」

レオポルトは頷き、話を続ける。

「その通りだ。ワシが聞いた限り、こちらの事件の概要はこうである」

レオポルトはその説明を始めた。

サラー商会がディアマンディを発掘し、本部へと秘密裏に運ぶ。

サラー商会の従業員ジャグが運んでいると、イルテバーク商会のフーリッシュが襲撃、ディアマンディが強奪されかけた。

そこに偶然居合わせた倉野がフーリッシュを止める。

フーリッシュが停止したところでジェイドが現れ、フーリッシュを退かせた。

そこまでレオポルトが言うと、ルッツがポルタを批判する。

「イルテバークの者は暴力で強奪するのだな」

そう言われ、苦し紛れに反論するポルタ。

「それはイルテバーク商会を守ろうとした従業員の行動だ。それについては厳重注意をしておる。それよりも、サラーは偶然発掘したディアマンディでルーシアの実権を握ろうとしておったのだろう。それこそ問題ではないか。どうですか、ジェイド将軍」

ポルタに話を振られたジェイドは真剣な表情で答える。

「イルテバーク殿、今レオポルト殿が話しているのはそこではないだろう。もう一つの事件とは、もう一つの情報漏洩、ということですな」

ジェイドの言葉にレオポルトは頷いた。

「その通りです、ジェイド将軍。イルテバーク商会の情報がサラー商会に流れているのと同時に、サラー商会からイルテバーク商会に情報が流れていた。そもそもディアマンディが発掘された話はイルテバーク商会内でも少人数しか知らない情報。そうですな？　サラー殿」

レオポルトに問いかけられたルッツは頷き答える。

「はい。ディアマンディは極秘に運搬されていました。そのため関係者以外、知りえなかったでしょう」

「では、なぜその情報が漏れたのか。レオポルト殿は掴んでいるのでしょう？」

ジェイドはそう言いながら倉野のほうを見た。

どうやって知ったか、気づいてるなこの人、と思いながらも黙っている倉野。

ジェイドの言葉に答えるようにレオポルトが口を開いた。

「もちろんだ。ディアマンディを強奪させ、サラー商会を潰したかった者がいる。その者はサラー商会が存在すると、不都合がある。自らの目的が達成できない」

レオポルトがそう言うと、ルッツは食い入るように言葉を挟む。

「それは誰なんですか。やはりイルテバークの者が？」

「いいや、違うぞサラー殿」

即座に返答するレオポルト。

サラー商会が存在すると不都合がある者と言われ、ルッツはイルテバーク商会しか思い浮かばなかった。

情報はイルテバーク商会へと流れている。

イルテバーク商会を疑うのは当然だろう。

だが、その犯人をレオポルトは知っていた。

そうしてついに昨夜、倉野のスキル『説明』で知りえた犯人の名前を告げる。

「サラー商会がディアマンディを入手したと言う情報を流したのは、スタン・サラー殿。貴殿だ」

スタンは即座に否定する。

「何を言っているんですか、レオポルト殿。いくら他国の外交官とはいえ、失礼にもほどがありますよ」

慌てるスタン。

スタンの味方をするようにルッツも声を荒らげた。

「そうですよ。我が息子がサラー商会を潰そうとしているなんてありえん。何よりも商会とこの街の未来を考えているのはスタンです」

だが、レオポルトは平然と話を続ける。

「確かにスタン殿はこの町の未来を考えておるようだ。だからこその行動だと言ってもいい」

「どういうことですか」

ルッツはさらなる説明を求めた。

レオポルトはスタンの顔をまじまじと見ながら話を続ける。

「スタン殿には誰よりもこの町の理想が見えているようだからな」

スタンの父親であるルッツが口を挟む。

「この町の理想を考えるなら、我々サラー商会が導くべきでしょう。武器を扱っているイルテバークがこの町の実権を握ればこの街の治安は悪くなるだけだ」

ルッツの言葉にポルタが反応する。

「馬鹿を言うな。食べ物と日用品だけで町の平和を守れると言うのか？　武器を販売し、冒険者の拠点にすることで町が潤うのだ」

その様子を見ていたレオポルトがため息をついた。

「これこそが不要な争いだと言っている。スタン殿はこれを変えたかったのではないか？」

そうレオポルトに言われ、スタンは黙って俯く。

沈黙は肯定を意味しているのだろう。

これまでのレオポルトの話を聞き、すべて見透かされていると観念したのかもしれない。

そんなスタンに、ルッツは信じられないというような表情で話しかけた。

「お、おいスタン。嘘だろう？　本当にお前が……お前が、サラー商会を潰そうとしたのか」

沈黙を続けるスタン。

それを破ったのはレオポルトだった。

「サラー商会だけではない。スタン殿はイルテバーク商会をこの町には不必要だと考えていた」

その言葉を聞いたポルタが激昂(げきこう)する。

「どういうことだ！　サラーの馬鹿息子がすべてを仕組んだというのか。許されることではないぞ！」

そう言い放つポルタとは対照的に冷静なジェイドが口を挟んだ。

「つまり、イルテバーク商会の情報をサラー商会に流したのもスタン殿だとおっしゃるのか。しかしどのようにして情報を手に入れたのか」

すると、まだ感情が昂(たかぶ)っているポルタが言葉を続ける。

「卑怯なサラーのことだ、我らの商会に潜り込んだのだろう。いいか、サラーの息子よ。貴様のしたことはこの町を崩壊へと導くぞ！」

「お父様！」

突然、ポルタの言葉を遮るように、その娘ライラが叫んだ。

いきなりのことにポルタは言葉を呑み込む。

レオポルトと倉野は顔を見合わせて笑みを浮かべた。

そしてレオポルトは口を開く。

「そう、疑問はどのようにしてイルテバーク商会の情報をスタン殿が手に入れたのか。その答えは簡単だ」

レオポルトがそこまで言うと、先読みしたようにジェイドが口を挟んだ。

「共犯、というわけですか」

「その通りだ、ジェイド将軍。そちらにいるライラ・イルテバーク殿はスタン殿の共犯である」

そう宣言するレオポルト。

一同は一斉にライラに視線を集めた。

全員の視線を向けられたライラは、先ほどのスタンのように俯く。

ライラの横にいたポルタはすぐに彼女の肩を掴み、話しかけた。

「ライラ？　こちらを見なさい、ライラ。そして弁解してくれ」

ポルタの言葉を聞いても顔を伏せるライラ。

ここまで話を聞いていたジェイドが、事件全体像を把握するようにまとめる。

「つまり、サラー商会の情報を流したのはスタン・サラー殿。イルテバーク商会の情報を流したのはライラ・イルテバーク嬢だということか。そして二人は共犯である、と」

レオポルトは頷き答える。

「そういうことです。二人は結託し、サラー商会とイルテバーク商会を潰そうとした」

レオポルトがそう言うと、ルッツが疑問をぶつけた。

「なんのためにそんなことをするというんですか。スタンもイルテバークの娘もいずれは商会を継ぐ身。今、商会を潰してなんのメリットがあるというんです」

レオポルトはスタンとライラを交互に見つめ、語りかける。

「それについてはワシが話すよりも本人たちが話すほうが良いだろう。スタン殿、ライラ嬢。ワシらは貴殿らのやり方に賛同できないが、理想には賛同している。そして、その理想を叶えるためにジェイド将軍もお呼びした。話をするなら今だと思わんか」

スタンはライラの目を見つめた。

ライラはその視線に応え、頷く。

お互いの意思を確認し覚悟を決めたのか、スタンが重い口を開いた。

「すべてを……話します。俺とライラは……愛し合っているんだ」

スタンがそう言うと、ルッツは殴りかかるような勢いでスタンに歩み寄る。

「何を言ってるんだ、スタン！　よりによってイルテバークの娘だと」

「それはこっちのセリフだサラー！　おい、ライラ！　嘘だろう」

ルッツと同時に取り乱すポルタ。

ライラはそんなポルタを落ち着かせるように話す。

「お父様、お聞きください。彼が……スタンさんが言っている通りです。そして、スパイス輸入契約書の写しをサラー商会に送ったのも私です」

本人の口から出た言葉に、ポルタは言葉を失った。

信じられないというよりも、信じたくないという表情をするポルタ。

そんなポルタを見て、少し心が痛む倉野。

だが、ここを越えなければ次の話ができない。

倉野はこっそりとレオポルトに話しかけた。

「……話を進めましょう、レオポルトさん。ここで止まるわけにはいきません」

「ああ、そうだな」

レオポルトはそう言って話を続ける。

「サラー殿もイルテバーク殿も寝耳に水だろうが、今しばらく話を聞いていただこう。この二人は恋仲であった。そして共謀し、お互いの商会を潰そうとしていたのだ。その理由は二つある。そうだな、スタン殿」

スタンは頷いた。

もう、自分の心の内はすべて知られているのだろうと彼は察する。

そしてスタンは覚悟を決めた表情で話し始めた。

「このままでは、俺たちの結婚は認められない。サラー商会とイルテバーク商会が存在している限りは結婚できないんだ」

スタンの言葉にルッツが言い返す。

「馬鹿者！　そんなことくらいで、サラー商会を潰すだと……いいか、我々には守るべき従業員がいる。そして従業員には家族がいる。そのすべてを背負っているんだぞ」

ルッツがそう言うとポルタも同調した。

「そうだ！　そこにサラーもイルテバークもない！　我々は働く者とその家族、そしてルーシアの町を守る責任がある！」

二人とも対立はしていたものの目指すところはそう違ってはいないのだと倉野は感じる。

だとしたら……と頭の中に疑問が湧き、そのまま言葉にした。

「だとしたら、なぜ……なぜ手を取り合えなかったんですか？　お二人が対立しているからルッツさんもライラさんも言い出せなかったんです」

倉野の言葉に言い返すようにポルタが口を開く。

「部外者に何がわかる！　我々は競い合うことで大きくなってきたんだ。そしてそれはこれからも変わらない。いつかイルテバークがこの町を導く！　それがこの町にとって一番だ」

ポルタの言葉をジェイドは鼻で笑った。

「ふっ。どうやらイルテバーク殿は話の流れがわかっておられぬようだ」

「なんですと？」

「これまで話を聞いてきてまだわからぬか。レオポルト殿はこう言っていた。スタン殿は誰よりもこの町の理想がわかっている、と。つまり二つの商会を潰すだけでは終わらないということだ」

ジェイドの言葉にレオポルトは頷く。

そしてレオポルトは話を続けた。

「そう、この計画には続きがあるのだ。スタン殿とてサラー商会の後継者である。従業員やその家族を蔑ろにしているわけがない。そこでワシはこのジュドーに調べさせた。おい、ジュドー」

名前を呼ばれたジュドーは頷き、一歩前に出る。

そしてジュドーは演説をするように口を開いた。

「イルシュナ国において商会は勝手に設立することはできません。商会の設立には国の認可が必要でございます。昨夜のうちに調べさせていただきましたが、つい最近、設立を認可された商会がありました。その名はルーシア商会。そして代表はスタン・サラー様でございます」

ジュドーの言葉を聞き、ルッツは再びスタンに視線を送る。

すでに覚悟を決めているスタンは頷いた。

状況を把握するようにジェイドが話をまとめる。

「つまり、スタン殿はサラー商会とイルテバーク商会を潰し、新たな商会を創り出そうとしていた、ということかな」

ジェイドがそう言うと、ポルタが口を挟んだ。

「それはただ、サラー商会が名前を変えて存在するだけではないか」

「いや、違うでしょう。おそらくスタン殿はサラー商会とイルテバーク商会をまとめたかった。どちらかの商会が吸収されるという形では遺恨を残すでしょうから、両方の商会を潰してから一つの商会としてまとめるつもりだったのでしょう」

ジェイドがそう言うと、スタンは大きく頷く。

「そうです。サラーもイルテバークも対立することで大きくなった。しかし、これからは手を取り合い、町を支えていくべきなんだ……だが、親父もポルタさんも聞く耳を持たないでしょう。こうするしか……こうすることでしか俺たちが結ばれることはできなかった」

スタンの言葉に付け足すようにライラも口を開いた。

「そして、いつまでも続く争いを終わらせるにも、こうするしかなかったのです」

「ライラ……」

自分の娘が放った言葉に、それしか言えなくなるポルタ。

様子を見ていたジェイドが再び話し始める。

「こうするしかなかったかどうかは疑問だ。やり方が急すぎるだろう。少なくともサラー商会のジャグ氏はフーリッシュから暴行を受けている。そして二つの商会が潰れれば、少なからず町の物流に影響が出る。すぐに新しい商会が設立されるとしても、だ。まるで何かを焦っているようだが？」

そう、ここまでは前振りでしかない、と倉野は心の中で呟いた。

ここまでの話は、ここから先の話を受け入れさせるための準備。

倉野は少し緊張した面持ちでライラのほうを見る。

倉野の視線に気づいたライラは、自分の隠し事がすでに知られていると察した。

「私……」

言いにくそうにライラはゆっくり話し始める。

「私には言わなきゃいけないことが……」

ライラはそう言いながら自らの腹部に触れた。

その様子から全員が答えを察する。

そしてポルタは膝から崩れ落ちた。

「ラ、ライラ……お前、まさか……」

「はい。そうです、お父様。私のお腹にはスタンさんとの子がおります」

そう告白したライラの表情はすでに覚悟を決めている。

父親との関係を崩してでも先に進むという覚悟。

そして愛する人と生きていくという覚悟。

母親になる覚悟である。

そんなライラの様子を見て、ポルタは言葉を失っていた。

対立しているルッツも形容しがたい感情に戸惑っている。

自分の息子スタンに子供ができたのは喜ばしい。だが、その相手がイルテバーク商会の令嬢である。

各々が自分の気持ちと向き合っている最中、ジェイドが口を開いた。

「つまり、ライラ嬢が妊娠したため、いち早くサラー商会とイルテバーク商会を統合しなければならなかった。だが、ルッツ殿もポルタ殿もそれを認めるとは考えられない。その結果、二つの商会を潰してから新しい商会を設立し、従業員と仕事を受け入れるという形で統合する計画になった、というわけか」

ジェイドの言葉にスタンは頷く。

スタンの隣にいたルッツは、ようやく心の整理ができたのかゆっくりと話し出した。

「そうか……スタン。お前にとって何よりも大切なものができたのか……」

そう話すルッツは状況を受け入れているように感じる。

ようやくこの騒動の最終目的地まで到達した、と倉野は心の中で安堵した。

ルッツやポルタが受け入れてくれるかはわからなかった。

だが、ここですべてを暴き、ルッツたちに公表しておかなければ、騒動はもっと複雑化していただろう。

サラー商会とイルテバーク商会の争いは過激になり、どこまでも潰しあっていたかもしれない。

そうなれば、ルッツやポルタも二人の婚姻を認めることはできないだろう。

スタンたちも追い込まれていた。

ライラが妊娠し、いち早く結婚を認めさせなければならないという状況。

だが、サラー商会とイルテバーク商会が対立している限り認められることはない。

そこで、スタンとライラはお互いの商会を潰してしまうという計画を立てたのだ。

そのうえで、新しく設立させたルーシア商会で両方の従業員と仕事を引き受ける。そうすることで被害を最小限に抑えようとしていた。

それぞれの思いやタイミングが噛み合わなかったことでこの騒動は起きていた。

すべてを話すことで前を向いたスタンとライラ。

状況を受け入れようとしているルッツ。

膝から崩れ、信じられないという表情をするポルタ。

やがてジェイドがレオポルトに問いかけた。

「ここが話の終着点だとするならば、私の役目は設立されるルーシア商会のバックアップだろうか」

「その通りだ。サラー商会とイルテバーク商会はどのみち統合することになる。後継者であるスタン殿とライラ嬢がここまで覚悟を決めているのだからな。時間はかかるだろうが、サラー殿もイルテバーク殿も受け入れるしかない。であれば、ルーシア商会がスムーズに運営されるために、ジェイド将軍の力添えが必要となるだろう」

レオポルトはそうジェイドに伝えた。

ジェイドは国民の人気が高い、さらに国の中枢ともつながりがある。あらゆる面でバックアップが可能だろう、というレオポルトのアイデアである。

ジェイドは少し考えてから返事をした。

「なるほど。そうすることがルーシアにとってもイルシュナにとっても一番良い選択なのでしょう」

まだ、向かい合わなければならない問題は多い。

この騒動によって被害に遭った者もいる。

ルッツもポルタもまだすべてを受け入れてはいない。

従業員同士の確執や遺恨もあるだろう。

これまでの仕事を上手くルーシア商会に移行できるとも限らない。

だが、ルーシアの街で起きていた騒動はとりあえずの終結を迎えた。

◇

話の結末を見届けた倉野は、こっそりとレオポルトの部屋を出る。

これ以上は自分が関わる話ではないと判断したからだ。ここまででも関わりすぎなくらいだ、と倉野は自嘲（じちょう）気味に心の中で呟く。

部屋を出た倉野は、ルーシアでの騒動を改めて思い出していた。

倉野が思索に耽（ふけ）っていると、レオポルトも部屋から出てきた。

「あ、レオポルトさん」

「どうしたクラノ。もう、行くのか」

「はい。ここまで来ればあとはジェイドさんが導いてくれるでしょうし」

「ああ、そうだな。ワシとしてもビスタ国のスパイスがこのような騒動に巻き込まれるのは避けたい。あとはイルシュナに任せようと思っておる」

レオポルトはそう言って微笑む。

倉野はこの街を出発しようと考えていた。

あとのことは丸投げだけど、と倉野は心の中で呟く。

だが、ここまで来ればなるようになるだろう。

レオポルトは倉野の肩に手を置き、語りかけた。

「この世界は広いようで狭い。またどこかで会うこともあるだろう。心配はいらんだろうが元気でな。どうかクラノに獣神の加護を……」

レオポルトはそう言って天を仰ぐ。

倉野は強く頷き、レオポルトと握手を交わした。

そして倉野はルーシアを出た。

◇

その後、ルッツはスタンたちの結婚を受け入れたという。

ポルタも時間を要したが、認めた。

そしてルッツとポルタは代表を引退し、スタンとライラがルーシア商会として受け継いだ。

ルーシアの街にそれほどの影響は出ず、倉野たちが考えていた通り平和的な解決となった。

スタンとライラは、この騒動の解決に倉野が大きく関わったことをジェイドから聞くことになり、数ヶ月後生まれた息子に、倉野から二文字をもらって名付けた。

この子の存在こそが、ルーシアの街に平穏をもたらしたのかもしれない。

スタン・サラーとライラ・イルテバークの息子、クロノ・サラーの存在が。

アンデッドに転生したので日陰から異世界を攻略します

Fukami Sei
深海 生

不死者だけど楽しい異世界ライフを送っていいですか？

社畜サラリーマン、転生したらゾンビになっちゃった!?

過労死からの不死議な冒険!?

社畜サラリーマン・影山人志（ジン）。過労が祟って倒れてしまった彼は、謎の声【チュートリアル】の導きに従って、異世界に転生する。目覚めると、そこは棺の中。なんと彼は、ゾンビに生まれ変わっていたのだ！ 魔物の身では人間に敵視されてしまう。そう考えたジンは、（日が当たらない）理想の生活の場を求め、深き樹海へと旅立つ。だが、そこには恐るべき不死者の軍団が待ち受けていた！

◉各定価：1320円（10%税込）　◉ISBN 978-4-434-31741-5　◉illustration：木々 ゆうき

アルファポリスで作家生活!

「投稿インセンティブ」で報酬をゲット!

「投稿インセンティブ」とは、あなたのオリジナル小説・漫画を
アルファポリスに投稿して報酬を得られる制度です。
投稿作品の人気度などに応じて得られる「スコア」が一定以上貯まれば、
インセンティブ＝報酬（各種商品ギフトコードや現金）がゲットできます!

さらに、人気が出ればアルファポリスで出版デビューも!

あなたがエントリーした投稿作品や登録作品の人気が集まれば、
出版デビューのチャンスも！　毎月開催されるWebコンテンツ大賞に
応募したり、一定ポイントを集めて出版申請したりなど、
さまざまな企画を利用して、是非書籍化にチャレンジしてください!

まずはアクセス! アルファポリス 検索

― アルファポリスからデビューした作家たち ―

ファンタジー

『ゲート』
柳内たくみ

『月が導く異世界道中』
あずみ圭

「最後にひとつだけお願いしてもよろしいでしょうか」
鳳ナナ

恋愛

『君が好きだから』
井上美珠

ホラー・ミステリー

『THE QUIZ』
『THE CHAT』
椙本孝思

一般文芸

『居酒屋ぼったくり』
秋川滝美

歴史・時代

『谷中の用心棒
萩尾大楽』
筑前助広

児童書

映画化!

『虹色ほたる』
『からくり夢時計』
川口雅幸

えほん

『メロンパンツ』
しぶやこうき

ビジネス

『端楽（はたらく）』
大來尚順

この作品に対する皆様のご意見・ご感想をお待ちしております。
おハガキ・お手紙は以下の宛先にお送りください。

【宛先】
〒150-6008 東京都渋谷区恵比寿4-20-3 恵比寿ガーデンプレイスタワー 8F
（株）アルファポリス　書籍感想係

メールフォームでのご意見・ご感想は右のＱＲコードから、
あるいは以下のワードで検索をかけてください。

アルファポリス　書籍の感想

ご感想はこちらから

本書はWebサイト「アルファポリス」（https://www.alphapolis.co.jp/）に投稿されたものを、改題・改稿、加筆のうえ、書籍化したものです。

異世界で俺だけレベルが上がらない！ 2
だけど努力したら最強になれるらしいです？

澤 檸檬

2023年 4月30日初版発行

編集－佐藤晶深・芦田尚
編集長－太田鉄平
発行者－梶本雄介
発行所－株式会社アルファポリス
〒150-6008 東京都渋谷区恵比寿4-20-3 恵比寿ガーデンプレイスタワー8F
TEL 03-6277-1601（営業） 03-6277-1602（編集）
URL https://www.alphapolis.co.jp/
発売元－株式会社星雲社（共同出版社・流通責任出版社）
〒112-0005 東京都文京区水道1-3-30
TEL 03-3868-3275
装丁・本文イラスト－しの
装丁デザイン－AFTERGLOW
印刷－中央精版印刷株式会社

価格はカバーに表示されてあります。
落丁乱丁の場合はアルファポリスまでご連絡ください。
送料は小社負担でお取り替えします。

ISBN978-4-434-31750-7 C0093